国际安徒生
儿童文学奖得主

曹文轩 鼎力推荐

唐诗三百首

王鸿飞／编

吉林文史出版社
JILINWENSHICHUBANSHE

图书在版编目（CIP）数据

唐诗三百首 / 王鸿飞编 . –– 长春 : 吉林文史出版社 , 2018.4
ISBN 978-7-5472-4769-3

Ⅰ . ①唐… Ⅱ . ①王… Ⅲ . ①唐诗－诗集 Ⅳ . ① I222.742

中国版本图书馆 CIP 数据核字 (2017) 第 309170 号

唐诗三百首
TANGSHI SANBAI SHOU

出 版 人　孙建军
编　　者　王鸿飞
责任编辑　于 涉 董 芳
责任校对　王 扬 李 萌 薛 雨
排版制作　文贤阁
出版发行　吉林文史出版社有限责任公司（长春市人民大街 4646 号）
　　　　　www.jlws.com.cn
印　　刷　北京富达印务有限公司
版　　次　2018 年 4 月第 1 版　2018 年 4 月第 1 次印刷
开　　本　710mm×1000mm　　16 开
字　　数　140 千
印　　张　12
书　　号　ISBN 978-7-5472-4769-3
定　　价　22.80 元

　　苏联教育家苏霍姆林斯基曾说过："让孩子变聪明的方法，不是补课，不是增加作业量，而是阅读、阅读、再阅读。"

　　如果说文化是人类的一份精神遗产，那么阅读就是开启这份遗产的金钥匙。在这份美好的感情和灿烂的文明沃土上，优秀的文学名著传达着人类对生命、对历史、对未来的憧憬和思考，其闪耀的智慧穿越古今中外，经过岁月的磨砺，升华成今天的经典。阅读美好的有价值的文学名著，是了解社会、认知自我的有效途径。

　　让我们一起日不间断地阅读《论语》《诗经》，阅读《红楼梦》，阅读《雾都孤儿》，阅读《安徒生童话》……我们也许会因为书中一段华丽的诗句而心神激扬，也许会为某个主人公的坎坷遭遇而落泪……任思绪随着书中动人的故事飘飞。阅读的过程就是励志、炼心、启智的过程，是水滴石穿、绳锯木断的过程。长此以往，我们积累的是知识，培养的是情感，塑造的是品格，净化的是灵魂……

　　这套"新统编教材配套名著"兼顾各年龄段读者诵读古诗文、现代文学作品，以及外国文学作品等的阅读习惯，设置了知识链接、专家解疑、智慧引路、名家导读、哲理名言、名师点拨、好词好句、阅读思考、名家品评、重点测试等栏目，增加了读者的阅读乐趣。

五言古诗

五言古诗简称五古，是唐代诗坛较为流行的体裁。唐人五古笔力豪纵，气象万千，直接用于叙事、抒情、议论、写景，使其功能得到了空前的发挥，其代表作家有李白、杜甫、孟浩然、韦应物等。那么，五言古诗中有哪些脍炙人口的千古名句呢？下面就让我们一起来翻开诗卷，领略五古的魅力吧。

名师导读

名家引路，撷取文章精华，提炼中心思想。

经典原文

参照名家注、疏、笺、校本，以中国现代标点符号标明句读，方便读者疏通文章大意。

经典注释

对原文中的难点、重点词句进行准确、到位的解析，帮助学生阅读和理解。

千古名句

选取文中名句，方便同学们诵读及辅助语文学习及写作。

感遇① 其一

张九龄

谁知林栖者⑥，闻风坐⑦相悦⑧。
草木有本心，何求美人折⑨。

【注释】▶

①原诗共有十二首，感事寄兴，作于诗人被贬荆州长史时。

🔎 千古名句

草木有本心，何求美人折。

畅读经典文学名著，启迪智慧，唤醒心灵

轻松提升语文水平，素质阅读，拓展思维

【译文】▶

　　兰花逢春开放茂盛芳香，桂花逢秋皎洁清新。兰桂生机盎然勃勃而发，而此时也是观赏佳节。谁又能知道山中隐士的心境，此刻闻着花香也会心生喜悦。草木芬芳本来是它们的天性，何必要美人采折而扬名。

名家评析

　　这首哲理诗是张九龄被排斥出京、贬为荆州长史后所作。开元末期，唐玄宗沉溺声色，怠于政事，贬斥张九龄，任用口蜜腹剑的李林甫为相。李林甫把持朝政，排斥异己，社会危机加深。

阅读链接

　　张九龄（673 年或 678 年 -740 年），字子寿，韶州曲江（今广东韶关市西南）人，唐中宗景龙初年进士。玄宗时历官中书侍郎、同中书门下平章事、中书令，唐代有名的贤相。

名家品评

　　在唐代众多的优秀诗歌作品中，七言古诗扮演着重要的角色。七古在唐代的兴盛很大程度造就了"唐诗"这一名称。作为一种古老的诗体，七古终于在唐代发展成熟。

✿ 阅读思考

　　1.陈子昂的《登幽州台歌》的创作背景是什么？抒发了作者怎样的感叹？

本书文学地位

Ⅰ　唐诗选本经大量散佚，至今尚存三百余种。当中最流行而家喻户晓的，要算《唐诗三百首》。
　　　　　　　　　　　　——著名学者　孙琴安

Ⅱ　这本书让外国人见识到了中国最精粹艺术的魅力所在。
　　　　　　——苏联无产阶级作家　玛克西姆·高尔基

Ⅲ　大多数美国人也是通过这本书知道了李白的诗。
　　　　　　　　　　——美国著名作家　海明威

Ⅳ　《唐诗三百首》是中国流传最广的诗词选集。
　　　　　　　　　　　　——世界纪录协会

Ⅴ　熟读唐诗三百首，不会作诗也会吟。
　　　　　　——中国民间谚语

知识链接

作品速览

　　诗歌是文学艺术的珍珠，唐诗是中国诗歌的巅峰，唐诗对中国文学的影响深远，所以，大量优秀的唐诗选本涌现出来。这本《唐诗三百首》就是普及程度最广、深受广大人民群众喜爱的选本。

　　《唐诗三百首》一书按诗体分为五古、七古、五律、七律、五绝、七绝六类，乐府诗附入各体之后。《唐诗三百首》的命名，是沿袭"诗三百"的说法，有继承《诗经》传统的含意。三百只是一个概数，实际上收录了311篇诗作。大多数是唐诗中最为杰出的作品，所以说这是唐诗精品的荟萃。

　　本书所选唐诗题材非常广泛，有的反映当时社会状况；有的表现疆场将士们的豪情壮志，抒发爱国思想；有的描绘田园风光，隐逸情怀；也有写个人抱负和遭遇的；或者是表达儿女爱慕之情；歌颂深厚的朋友交情和哀叹人生悲欢，等等。这些社会元素都能入诗，成为他们写作的题材。

　　唐诗的创作分四个阶段，初唐、盛唐、中唐、晚唐。初唐诗歌的主要成就是冲破了南朝以来的浮艳风格，扩大了题材。盛唐诗人众多，诗歌的创作内容扩大，融入了更多的元素，因此开创了众多流派。以高适、王昌龄等为代表的边塞诗派和以孟浩然、王维等为代表的山水田园诗派成为盛唐诗坛的两大主要流派。这一时期也形成了以李白为代表的浪漫主义诗派，充满浪漫主义的理想色彩。

但是自安史之乱后，国家的命运变化也影响到了诗歌的风格。这时期的诗歌表现为沉郁顿挫、凝练写实、严谨而哀伤。这时候杜甫的大量凝练写实的诗歌成为诗歌的主旋律。晚唐是唐诗的衰落期。诗歌走到这里，出现了大量咏史诗人。他们感叹盛世遗迹的悲凉，诗歌中带有深沉的感伤。这一时期李商隐和杜牧成就最大。

唐诗标志着中国古典诗歌成就的高峰。诗坛上名家辈出、名作如林，他们在诗歌创作上的成就为中国文学发展做出了不可磨灭的贡献。

▌作者简介 ◦❖◦──────

孙洙，字临西，一字芩西，人称蘅塘退士，祖籍安徽休宁县。清康熙五十年（1711 年）孙洙生于无锡一个书香门第。后来家道中落，少年时家里贫穷，不能多买书，于是就四处借书学习。乾隆九年（1744 年）中举，两年之后出任江苏上元（今江宁）县学教谕；同时继续攻读科考，期望能光耀门第，有一番作为。乾隆十六年（1751 年）中进士，以后历任顺天府大城县知县、直隶卢龙县知县、山东邹平县知县、江宁府学教授等职。爱民如子，常常视百姓如父母子女；断案时，虽然还没有定案，但是他已先落泪，为那些被鞭笞受刑的犯人感伤。同时他兴修水利，甚至将自己的微薄收入捐献出来为民造福。每当卸任之时，百姓攀辕哭泣，不忍心让他离开。在任期间，鉴于当时通行的《千家诗》"工拙莫辨"，他决定编辑一部唐诗选集取而代之。于是在妻子徐兰英的协助下，于乾隆二十九年（1764 年）以"蘅塘退士"署名的《唐诗三百首》终告完成。乾隆四十三年（1778 年）孙洙卒于无锡，终年六十七岁，葬城南陈湾里。有《蘅塘漫稿》《排闷录》《异闻录》等著作传世。

▌创作背景 ◆❖━━

在《唐诗三百首》问世之前，已经有大量的唐诗选集出现。这些唐诗选集既保留了大量的唐诗资料，又给后来问世的《唐诗三百首》提供了可供借鉴的资料，对于唐诗的传播贡献巨大。

南宋文学家刘克庄编辑的《千家诗》是唐代之后第一本流传较广的唐诗选集，它的特点就是所选诗为唐宋两代的名家作品，文采晓畅，是著名的儿童启蒙读物。

清朝康熙四十五年（1706年），由彭定求、沈三曾等编校而成的《全唐诗》，规模宏大，在前人作品的基础上收诗4.8万多首，诗人2000余人，是当时内容最丰富的唐诗总集。但是这种大块头的读物不适合大众阅读，而且内容繁杂，分类太多，书籍也不适于携带，所以在民间没有广泛流行。

还有一本《唐诗别裁集》，康熙五十六年（1717年）由江苏苏州人沈德潜编辑而成。这部书也将沈德潜的文学思想涵盖其中，在文士间影响较大。但是在民间影响不大，所以流传不广。

清朝蘅塘退士根据前人所作的唐诗选集的特点，"因专就唐诗中脍炙人口之作，择其尤要者"，选取了大量通俗、流畅的唐诗名篇，以体裁为经，以时间为纬，最终集录而成这本《唐诗三百首》。

▌代表诗人 ◆❖━━

>> 张九龄

公元673年或678年-740年，字子寿，韶州曲江（今广东韶关市西南）人，唐代有名的贤相。他的五言古诗成就非凡，语言素练质朴，寄托深远的人生感悟，一扫唐初沿袭的六朝绮靡诗风，贡献尤大。被史学界和文学界誉为"岭南第一人"。

>> 李白

公元 701 年 –762 年，字太白，号青莲居士。其诗想象丰富，构思奇特，气势雄浑瑰丽，风格豪迈潇洒，是盛唐浪漫主义诗歌的代表人物，被称为"诗仙"。

>> 杜甫

公元 712 年 –770 年，字子美，世称杜工部、杜拾遗，自号少陵野老，是我国唐代伟大的现实主义诗人、诗圣、世界文化名人，与李白并称"李杜"。

>> 王维

公元 701 年 –761 年，字摩诘，其诗、画成就都很高，苏东坡赞他"诗中有画，画中有诗"。尤以山水诗成就为最，与孟浩然合称"王孟"，晚年无心仕途，专诚奉佛，故后世人称其为"诗佛"。

>> 孟浩然

公元 689 年 –740 年，名浩，字浩然，襄州襄阳（今湖北襄樊市襄阳区）人。诗多以山水田园为题材，是盛唐主要的山水田园诗人，与王维齐名，合称"王孟"。

>> 白居易

公元 772 年 –846 年，字乐天，晚年号香山居士。是中国文学史上负有盛名且影响深远的唐代诗人和文学家。他与元稹一起发起了"新乐府运动"，世称"元白"。

>> 李商隐

约公元 813 年 – 约 858 年，字义山，号玉溪生、樊南生。其诗构思新奇，风格绮丽，尤其是一些爱情诗，写得缠绵悱恻，广为传诵，是晚唐著名的诗人。在诗歌上，他和杜牧合称"小李杜"；在辞赋骈文上，与温庭筠合称为"温李"。

>> 杜牧

公元 803 年 –853 年，字牧之，诗豪爽清丽，自成风格，人称"小杜"。又与李商隐齐名，并称"小李杜"。

▌作品影响 •❖—

唐诗与宋词、元曲并称，题材宽泛，众体兼备，格调高雅，是中国诗歌发展史上的奇迹。

《唐诗三百首》题裁丰富，风格多样，具有老少皆宜、雅俗共赏的优点，成为两百年来刊刻最多、传播最广的诗集，是旧选本中影响较大的一部诗歌集。

《唐诗三百首》篇幅适中，通俗易懂，入选诗歌精美且经典，成为儿童最成功的启蒙教材。

目录
|Contents|

五言古诗

五言古诗简称五古，是唐代诗坛较为流行的体裁。唐人五古笔力豪纵，气象万千，直接用于叙事、抒情、议论、写景，使其功能得到了空前的发挥，其代表作家有李白、杜甫、孟浩然、韦应物等。那么，五言古诗中有哪些脍炙人口的千古名句呢？下面就让我们一起来翻开诗卷，领略五古的魅力吧。

感遇①其一

张九龄

兰叶②春葳蕤③，桂华④秋皎洁。
欣欣此生意⑤，自尔为佳节。
谁知林栖者⑥，闻风坐⑦相悦⑧。
草木有本心，何求美人折⑨。

🔎 千古名句

草木有本心，何求美人折。

【注释】▶

①原诗共有十二首，感事寄兴，作于诗人被贬荆州长史时。②兰叶：即兰草，古人视兰草为香草，用来比喻高洁的操守。③葳（wēi）蕤（ruí）：指草木枝叶茂盛的样子。④桂华：即桂花。⑤生意：即生机。⑥林栖者：栖居山林的人，指山林隐士。⑦坐：因。⑧悦：喜欢，欣赏。⑨最后两句是说草木芬香本来是它们的天性，何求美人采折而扬名。

【译文】▶

兰花逢春开放茂盛芳香，桂花逢秋皎洁清新。兰桂生机盎然勃勃而发，而此时也是观赏佳节。谁又能知道山中隐士的心境，此刻闻着花香也会心生喜悦。草木芬芳本来是它们的天性，何必要美人采折而扬名。

名家评析

这首哲理诗是张九龄被排斥出京、贬为荆州长史后所作。开元末期，唐玄宗沉溺声色，怠于政事，贬斥张九龄，任用口蜜腹剑的李林甫为相。李林甫把持朝政，排斥异己，社会危机加深。张九龄对此是十分不满的，于是采用传统的比兴手法，托物寓意，写了《感遇》十二首，这是第一首。诗人借物起兴，以兰桂自比，将自己孤芳自赏、气节清高的情怀表达出来。本诗结构严谨，妙用比兴手法，在平淡中暗含高雅的情怀。

阅读链接

张九龄（673年或678年-740年），字子寿，韶州曲江（今广东韶关市西南）人，唐中宗景龙初年进士。玄宗时历官中书侍郎、同中书门下平章事、中书令，唐代有名的贤相。他的五言古诗成就非凡，语言素练质朴，寄托深远的人生感悟，一扫唐初沿袭的六朝绮靡诗风，贡献尤大，被史学界和文学界誉为"岭南第一人"，作品集有《曲江集》。

春泛若耶溪

綦毋潜

幽意无断绝，此去随所偶。
晚风吹行舟，花路入溪口。
际夜①转西壑，隔山望南斗。
潭烟②飞溶溶，林月低向后。
生事且弥漫，愿为持竿叟③。

【注释】▶

①际夜：至夜。②潭烟：水汽。③持竿叟：指河边垂钓的渔翁。

【译文】▶

想要归隐的想法长期以来没有改变，溪水泛舟随遇而安我心坦荡。阵阵晚风吹着小舟轻轻荡漾，一路春花撒满了溪口的两岸。到了傍晚船儿转出西山幽谷，隔山望见了南斗明亮的星光。水潭中白雾茫茫，岸树明月往后与船行走逆向。尘世凡俗繁复而忙乱，愿做渔翁持竿垂钓，逍遥人间。

名家评析

诗人选用了春江、月夜、花路、扁舟等相应景物，描绘的意境幽美、寂静，让人心生向往。"生

🔍 千古名句

幽意无断绝，此去随所偶。

事且弥漫，愿为持竿叟"，这句诗正如溪水上弥漫无边的烟雾，缥缈迷茫，诗人情愿永做若耶溪边一位持竿而钓的隐者。诗歌意境孤清、幽静。由于作者描写的是一个春江花月之夜，又是怀着追求和满足的心情来描写它，因而这夜景被写得清幽而不荒寂，有一种不事雕琢的自然美，整首诗表现出一种兴味深长的清幽意境。

阅读链接

　　綦毋潜，生卒年不详，字孝通，虔州南康（今江西赣县）人。开元十四年进士，官至著作郎，安史之乱后归隐。綦毋潜在当时享有盛名，与王维、张九龄、孟浩然、高适、韦应物等诗坛巨匠交往密切。其诗清新雅致，悠然自得，内容大多是有关寻幽访隐之事。后人评价其诗风接近王维。

夏日南亭怀辛大

孟浩然

山光①忽西落，池月②渐东上。
散发乘夕凉，开轩③卧闲敞。
荷风送香气，竹露滴清响④。
欲取鸣琴弹，恨无知音赏。
感此怀故人，中宵劳梦想。

🔍 千古名句

感此怀故人，中宵劳梦想。

【注释】▶

①山光：山上的日光。②池月：池边月色。③轩：窗。④清响：清脆的响声。

【译文】▶

山光西落，夜色降临，池塘上的月亮慢慢升起。暮色气爽，散着头发在外乘凉，打开窗户躺卧在幽静宽敞的地方。带着荷花的香气吹来，露水自竹叶上滴下发出清脆的响声。正想拿琴来弹奏，遗憾的是没有知音一同欣赏。感慨良宵，怀念起老朋友来，以至于整夜都在梦中想念着那些老朋友。

名家评析

诗歌开篇讲述了诗人所处的风景和时间，夕阳西下与素月东升，正是乘凉的好风景。三、四句写沐后纳凉，充满闲情适意。五、六句从嗅觉这方面继续写纳凉的真实感受。七、八句由弹琴想到"知音"，从纳凉过渡到怀人。希望友人能一同欣赏这里的美景。诗歌感情细腻，语言流畅，层次分明，色彩、光线的配合与诗歌的感情基调相合，富有韵味。

阅读链接

孟浩然（689年–740年），唐代诗人，相传是孟子的第三十三代后人。本名浩，字浩然，襄州襄阳（今湖北襄樊市襄阳区）人，后隐居襄阳，世称"孟襄阳"。少好节义，喜济人患难，工于诗。恬淡自适，不喜拘束。与李白、杜甫、高适等人诗酒相和，交情深厚。年四十游京师，唐玄宗诏其咏诗，至"不才明主弃"之语，玄宗谓："卿自不求仕，朕未尝弃卿，奈何诬我？"因放还未仕，后隐居鹿门山，著诗二百余首。孟浩然与另一位山水田园诗人王维合称为"王孟"。

秋登兰山寄张五

孟浩然

北山白云里，隐者自怡悦。

相望试登高，心随雁飞灭。

愁因薄暮起，兴是清秋发。

时见归村人，沙行渡头歇。

天边树若荠①，江畔洲如月。

何当载酒来，共醉重阳节②。

【注释】▶

①荠：野菜名，这里形容远望天边树林的细小。②重阳节：阴历九月九日为重阳节，有登高的风俗。

【译文】▶

北山的白云深处藏匿着你的身形，你在那里享受着悠闲的生活。我登上高高的山岭远远望去，鸿雁消逝在山林深处，我的心也渐渐被陶醉了。日落风景让我心中泛起淡淡的忧愁，清秋景色又使人诗兴勃发。夜

🔍 千古名句

愁因薄暮起，兴是清秋发。

幕降临，行人归村，走过沙滩在渡头歇息。天边树木此时远看像荠菜一样矮小，而江畔中的沙洲却如弯弯的明月一样美丽。什么时候我们应该带着酒泛舟而行，共同畅饮欢度重阳佳节！

名家评析

这是一首望景怀人之作。诗人登山观景，看见了好友隐居的山景，情随景生，以景烘情，情景交融，浑然一体，表达了诗人希望与朋友载酒共饮、共度重阳的美好愿望。诗人怀故友而登高，望飞雁而孤寂，薄暮生愁，清秋起兴，希望挚友到来一起共度佳节。"愁因薄暮起，兴是清秋发""天边树若荠，江畔洲如月"，诗意浓厚，玩味无穷。

阅读链接

兰山：一作"万山"，又名汉皋山、方山、蔓山。在湖北襄阳西北十里。

张五：是指张子容，但是张子容在兄弟中排行第八，因此有人怀疑此处应为张八。

与高适薛据登慈恩寺浮图

岑参

塔势如涌出，孤高耸天宫。
登临出世界，蹬道盘虚空。
突兀①压神州，峥嵘如鬼工②。
四角碍白日，七层摩苍穹。
下窥指高鸟，俯听闻惊风。

连山若波涛，奔走似朝东。

青槐夹驰道，宫观③何玲珑。

秋色从西来，苍然满关中。

五陵北原上，万古青濛濛。

净理④了可悟，胜因⑤夙所宗。

誓将挂冠⑥去，觉道⑦资无穷。

【注释】▶

①突兀：高耸。②鬼工：非人力所能。③宫观：宫阙。④净理：佛理。
⑤胜因：善缘。⑥挂冠：辞官。⑦觉道：佛道。

【译文】▶

大雁塔巍峨而起好似从平地涌出，孤傲高峻，耸立在大地上直冲云霄。雁塔绝顶仿佛要冲出尘世，沿着台阶盘旋攀登好像要进入太虚中。高耸宏伟像是要压倒神州大地，峥嵘崔嵬犹如鬼斧神工。四角遮挡住了太阳的光辉，塔高七层承接苍穹。置身塔顶鸟瞰指点翱翔飞鸟，俯身倾听阵阵怒吼狂风。远处山连着山好像波涛汹涌起伏，万千山峰奔走如百川归海来朝见帝京。无数青槐夹着天子出行的道路，宫阙楼台是那么精巧玲珑。悲凉秋色好像从西而来，苍苍茫茫已经布满关中。长安城北汉代的五陵北原，历经千秋万古依然青青蒙蒙。清净的佛理我完全领悟，行善施道是我不变的信奉。我决心回去后辞官归隐，因为我突然发觉佛道力量无穷，这将成为我一生的信仰。

名家评析

诗人决定辞官学佛，济世度人，实际上也是对世事国情无可奈何的表现。前两句写诗人仰望全塔的感觉；三、四句登塔；五至八句写塔的高耸挺拔；九、十句写向下鸟瞰；十一至十八句，写在塔顶向东南西北各方所见的景物；最后四句写忽悟"净理"，甚至想"挂冠"而去。场景宏大，气势夺人，匠心独运。让人觉得是身临其境，不禁为之惊叹。

阅读链接

岑参（约715年–770年），江陵（今湖北荆州市荆州区）人，少时隐居河南嵩阳。天宝三年进士，初为小官，后做过嘉州刺史等官，世称"岑嘉州"。诗以写边塞生活著称，与高适齐名，合称"高岑"。

月下独酌

李白

花间一壶酒，独酌①无相亲②。
举杯邀明月，对影成三人③。
月既④不解饮⑤，影徒⑥随我身。
暂伴月将⑦影，行乐须及春⑧。
我歌月徘徊，我舞影零乱。
醒时同交欢⑨，醉后各分散。
永结无情游⑩，相期邈云汉。

🔍 千古名句

举杯邀明月， 对影成三人。

9

【注释】▶

①酌：饮酒。②无相亲：没有和自己亲近的人。③"举杯"两句：我举起酒杯想和明月一起痛饮，明月和我的影子，还有我，恰恰合成三人。④既：本来。⑤不解饮：不会喝酒。⑥徒：徒然，只会。⑦将：和。⑧及春：珍惜春光明媚的大好时光。⑨交欢：一起欢乐。⑩无情游：忘却世情的交游。

【译文】▶

我在花丛之间放着一壶美酒，可是独自一人没人陪伴一起喝。举起酒杯邀请明月共饮，明月照出我的影子，于是这就凑成了三人。可是月不能与我共饮，而影子只是跟随我的身体也不能喝酒。但是这春宵良辰岂能虚度，就伴随月和影抓紧时间尽兴饮酒。我吟诗的时候月亮在我身边徘徊，我跳舞时影子随我一起起舞。清醒之时，你我尽兴欢笑；醉了之后，就要各自离开。这样美好的月啊，我愿从此与你结下忘情之交，相约在银河会面！

名家评析

《月下独酌》是李白最著名的诗之一。诗首四句为第一段，写花、酒、人、月影。诗旨在表现孤独，却举杯邀月，幻想出月、影、人三者，然而月不解饮，影徒随身，仍归孤独。因而自第五句至第八句，从月影引发论述，点出"行乐及春"的题意。最后六句为第三段，写诗人执意与月光和身影永结无情之游，并相约在邈远的天上仙境重见。全诗表现了诗人怀才不遇的寂寞和孤傲，也表现了他放浪形骸、狂荡不羁的性格。正面看，似乎真能自得其乐；反面看，却极度凄凉。

阅读链接

李白（701年–762年），字太白，号"青莲居士"。其祖上在隋朝获罪，被流放到西域。相传李白生于中亚碎叶城（今吉尔吉斯斯坦托克马克），五岁随父迁至四川。他是继屈原以后伟大的浪漫主义诗人，与杜甫并称为"李杜"。他的诗风格豪放飘逸，洒脱不羁，想象绮丽，丰富多彩，语言自然，多有出人意表的创意之语，所以人称"诗仙"。

望 岳

杜甫

岱宗夫如何，齐鲁青①未了②。
造化③钟④神秀，阴阳⑤割昏晓。
荡胸生层云⑥，决眦入归鸟⑦。
会当⑧凌⑨绝顶⑩，一览众山小。

【注释】▶

①青：青翠。②未了：形容泰山高大。③造化：天地，大自然。④钟：汇聚。⑤阴阳：阴指山之北，阳指山之南。⑥荡胸生层云：倒装句，本句指望见山上云气层层叠叠，心胸顿时开阔。⑦决眦入归鸟：睁眼四望，纷纷归林的飞鸟尽收眼底。决，裂开。眦，眼眶。⑧会当：应当，一定要。⑨凌：登上。⑩绝顶：最高峰。

🔍 千古名句

会当凌绝顶，一览众山小。

【译文】▶

泰山到底是什么样子？一眼望去青翠的山色没有边际。大自然在这里凝聚了一切神秀创作，山南山北的差别就像被分割为黄昏与白昼一样。山中云霞升腾，心灵顿时开阔舒坦，极目远望，归巢的鸟儿隐入了山林。我一定要登上泰山的顶峰，在那里一看，众山就会显得极为渺小。

名家评析

这首诗写于诗人年轻时期，诗人当时满怀抱负，四处游历时来到泰山，看到了泰山雄伟景象，于是就写了这首诗。诗人描绘了泰山雄伟、秀丽的壮观景象，也抒发了诗人积极而上、壮志满怀的豪情和进取精神。

阅读链接

杜甫（712 年 –770 年），字子美，巩县（今河南巩义）人，世称杜工部、杜拾遗，自号少陵野老。杜甫是我国唐代伟大的现实主义诗人、诗圣、世界文化名人，与李白并称"李杜"。

杜甫生活在唐朝由盛转衰的历史时期，其诗多涉笔社会动荡、政治黑暗、人民疾苦，他的诗被誉为"诗史"。杜甫忧国忧民，人格高尚，诗艺精湛，被后世尊称为"诗圣"。

梦李白·其一

杜甫

死别已吞声，生别常恻恻。

江南瘴疠地，逐客无消息。

故人入我梦，明①我长相忆。

恐非平生魂，路远不可测。

魂来枫林②青，魂返关塞黑③。

君今在罗网，何以有羽翼？

落月满屋梁，犹疑照颜色④。

水深波浪阔，无使蛟龙得。

【注释】▶

①明：表明。②枫林：指李白所在的江南之地。③关塞黑：指杜甫所居秦陇地带。④"落月"两句：写梦醒后的幻觉。诗人看到月光洒满房屋，想到梦境，就好像看到李白的容貌在月光下隐约闪现。

【译文】▶

死别虽然让人悲痛，但痛苦终究会消失，生离的悲痛却让人挂念难忘。你的流放地是疾病肆虐的江南之地，可是到如今也没有你的一点消息。为什么会在梦中与我相见，或许你也知道我在苦苦思念你。难道这会是你的魂魄所化，道路遥远，世事总是难以猜测。你的魂魄来的时

🔍 千古名句

故人入我梦，明我长相忆。

候你要飞越南方浓郁的枫林，去的时候要过险要的关塞。可是你现在遇到危难不得自由，怎么还能够自由地飞翔？月光西斜洒满了我的屋梁，朦胧中竟然看到你憔悴的容颜。水深波涌、浪大江宽，归去的魂魄啊，千万别碰上蛟龙，被那恶兽吞没！

名家评析

诗以梦前、梦中、梦后的次序叙写。先写初次梦见李白时的心理，表现对老友吉凶生死的关切。再写梦中所见李白的形象，抒写对老友悲惨遭遇的同情。"故人入我梦，明我长相忆""水深波浪阔，无使蛟龙得"这些佳句，体现了两人形离神合，肝胆相照，互劝互勉，至情交往的友谊。诗的语言，温柔敦厚，句句发自肺腑，字字凄恻动人，读来叫人心碎！

阅读链接

李杜之间的友谊源自天宝三年初次在洛阳相会，两人相互敬佩，成为至交。但是好景不长，乾元元年李白因为参加永王李璘的幕府受到牵连。永王李璘事败，李白被流放夜郎，而杜甫之前也刚被贬。杜甫对李白非常思念，这首记梦诗是杜甫听到李白被流放夜郎后，积思成梦所作的诗歌。

除了这首诗以外，杜甫还作有一首《梦李白》寄托思念之情，我们不妨一起来欣赏一下。

梦李白·其二

浮云终日行，游子久不至。

三夜频梦君，情亲见君意。

告归常局促，苦道来不易。

江湖多风波，舟楫恐失坠。

出门搔白首，若负平生志。

冠盖满京华，斯人独憔悴。

孰云网恢恢，将老身反累。

千秋万岁名，寂寞身后事。

寄全椒山中道士

韦应物

今朝郡斋①冷，忽念山中客。

涧底束荆薪，归来煮白石②。

欲持一瓢酒，远慰风雨夕。

落叶满空山，何处寻行迹。

【注释】▶

①郡斋：指滁州刺史官署中的房舍。②白石：这里借喻全椒道士，表明他生活的清苦。

【译文】▶

今天屋里很冷，忽然想念起山中的友人。也许他在山谷间打柴，回来煮白石为粮精心修炼。天气严寒凄风冷雨，我应带一壶佳酿，看望远山的友人。可是落叶满山，叫我到哪里去寻找好友的踪迹。

🔎 千古名句

落叶满空山，何处寻行迹。

名家评析

这首寄赠诗，是透露对山中道士的忆念之情。首句既写出郡斋之"冷"，更是写诗人心头之"冷"。再写道士在山中苦练修行，想送一瓢酒去，好让老友在秋风冷雨的夜中，得以安慰；又怕落叶满山，寻不到他。全诗语言平淡无奇，然感情跳荡反复，形象鲜明自然。

阅读链接

韦应物（约737年–791年），京兆万年（今陕西西安）人，中唐时期的著名山水田园诗人。其山水诗景致优美，意境幽深而新奇，代表作有《观田家》《滁州西涧》等。

郡斋雨中与诸文士燕集

韦应物

兵卫森画戟，燕①寝凝清香。
海上②风雨至，逍遥池阁凉。
烦疴③近消散，嘉宾复满堂。
自惭居处崇，未睹斯民康。
理会是非遣，性达形迹忘。
鲜肥属时禁，蔬果幸④见尝。

🔍 千古名句

自惭居处崇，未睹斯民康。

16

俯饮一杯酒，仰聆金玉章⑤。

神欢体自轻，意欲凌风翔。

吴中⑥盛文史，群彦今汪洋。

方知大藩⑦地，岂曰财赋强。

【注释】▶

①燕：通"宴"，意为休息。②海上：东南近海。③烦疴：烦躁。④幸：希望，这里是谦辞。⑤金玉章：指客人们的诗篇。⑥吴中：指苏州地区。⑦藩：这里指大郡。

【译文】▶

守门的卫兵森严排列，休息室飘散着焚香的芬芳。海上的风雨飘然而至，池塘亭阁顿时清凉。心中的烦闷燥热很快消散，嘉宾贵客已经在厅堂里站满了。身居高位我很惭愧，因为不知道百姓是否安居乐业。明白事物变化循环之理就能分清是非，天性旷达就可忘掉一切。时下禁食荤腥，幸有新鲜蔬果请大家品尝。不过大家可以边喝美酒边恭听诸君的优美文章。因为神情舒畅所以自己也感到轻盈，很想凌风飞上广阔的天空。苏州才子汇聚，饱学之士如群星灿烂。我也知道了这么大的一个州郡岂止是赋税丰厚、财力强大这么简单。

名家评析

这是一首写与文士宴集并抒发个人胸怀的诗。诗人自惭居处高崇，不见黎民疾苦。全诗议论风情人物，大有长官胸襟。叙事、抒情、议论相间，结构井然有序。

阅读链接

吴中，指苏州地区。吴中物华天宝，人杰地灵，被誉为"人间天堂"，素来以山水秀丽、园林典雅而闻名天下。唐代苏州位于京杭运河的南端，交通便利，经济发达，和当时的扬州并称江东两大名城。

长安遇冯著

韦应物

客从东方来，衣上灞陵①雨。
问客何方来？采山因买斧。
冥冥②花正开，飐飐燕新乳③。
昨别今已春，鬓丝生几缕？

【注释】▶

①灞陵：即霸陵。②冥冥：形容雨貌。③燕新乳：意谓燕初生。

【译文】▶

你从东方来到长安，衣裳还带着霸陵的春雨。请问你来此为了何故？你说为开山辟地买斧。绵绵春雨叫醒了百花，习习和风中燕子新孵雏。去年分别后如今又到春天，也很难数清双鬓银丝又添生了几缕？

♪ 千古名句

冥冥花正开，飐飐燕新乳。

名家评析

　　这首赠诗，以亲切诙谐的笔调，对失意沉沦的冯著深表理解、同情、体贴和慰勉。开头写冯著从长安以东而来，一派名流兼隐士风度。接着以诙谐打趣形式劝导冯著对前途要有信心。再进一步劝导他要相信自己，正如春花乳燕焕发才华，会有人关切爱护的。最后勉励他盛年未逾，大有可为。诗在叙事中写景，借写景以寄托寓意。情调清新明快，曲折婉转。

阅读链接

　　冯著：河间（今河北河间）人，曾任洛阳尉、左补阙，与韦应物友善，多有唱酬。此诗作于大历十一年（776年）春冯著自关东来长安时。

东 郊

韦应物

吏舍局①终年，出郊旷清曙②。
杨柳散和风，青山澹③吾虑④。
依丛适自憩，缘涧还复去。
微雨霭⑤芳原，春鸠鸣何处。
乐幽心屡止，遵事迹犹遽。
终罢斯结庐，慕陶真可庶⑥。

　🔎 千古名句

杨柳散和风，青山澹吾虑。

19

①局：拘束。②旷
清曙：在清幽的曙色中得
以精神舒畅。③澹：澄静。
④虑：情绪，思绪。⑤霏：
迷蒙貌。⑥庶：庶几，差不多。

【译文】▶

终年拘束官府之中实在烦闷，清晨
出去郊游顿觉神清气爽。嫩绿的杨柳陪伴春风
荡漾，苍翠的山峰淡化了我的思虑。靠着树丛自
由自在地憩息，沿着涧流任凭意愿地徘徊。迷蒙的细雨笼
罩着芳香的原野，大地上处处都是春鸠鸣啼。原本就想在清幽的地方停
留，却屡次不得如愿，只因公务缠身形迹十分匆促。等到哪天罢官归隐
在此结庐，平生敬慕陶潜的愿望就可以接近了。

名家评析

这首诗写的是春日郊游的情景。诗人对无尽的公务感觉疲劳，春
日郊游阳光明媚而心情愉快。诗人将自己的真实感受写了出来，表达了
厌恶官场生活和希望回到轻松闲适的大自然的真实想法。

阅读链接

诗人晚年对陶渊明的生活极为向往，也像陶渊明一样厌倦官场，向
往田园生活。此时他不但作诗效陶体，而且在生活上也对陶渊明非常仰
慕，处处有意模仿，寻求精神上的慰藉。

名家品评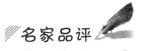

　　唐代的五言古诗具有鲜明的时代特点，唐朝初期以张九龄为代表的诗人善于通过自己的"感遇"，抒发自己的情怀，表现自己的性格，其诗风有思想、有个性、充满艺术特色；之后又有孟浩然、李白、杜甫，或寄情山水，或抒发性灵，或忧国伤时，风格多变，光耀古今；中唐时期后有韦应物等代表诗人，也以其独特的艺术魅力，感染世人。

阅读思考

1.张九龄《感遇》一诗的创作背景是什么？表达了作者怎样的情怀？

2.孟浩然是哪一类诗歌的代表人物？

3."举杯邀明月，对影成三人。"这其中的"三人"分别是指哪"三人"？

4."会当凌绝顶，一览众山小。"这句话表现了诗人怎样的精神？

七言古诗

七言古诗简称七古，起源于战国时期，甚至更早。现在公认最早的、最完整的七古是曹丕的《燕歌行》。南北朝时期，鲍照致力于七古创作，将之衍变成一种充满活力的诗体。唐代七古显示出大唐宏放的气象，手法多样，深沉开阔，代表诗人有李白、杜甫、韩愈等。那么，七言古诗有什么特点？各位大诗人又有哪些不同风格的演绎？让我们一起来品读一下吧。

登幽州台①歌

陈子昂

前不见古人，
后不见来者。
念天地之悠悠，
独怆然②而涕下。

🔍 **千古名句**

念天地之悠悠，独怆然而涕下。

【注释】▶

①幽州台：即蓟北楼，故址在今北京市德胜门外。②怆然：悲痛、伤感的样子。

【译文】▶

现在已经看不到古代贤明君主的踪影了，而眼下的世界也找不到一个礼贤下士的君主，我怎么会这样生不逢时呢。在这天地悠悠而广阔的世界里，我只能独自一人忧伤，想到这里让人不禁泪流满面。

名家评析 ☆

诗人登上幽州的蓟北楼远望，悲从中来，并以"山河依旧，人物不同"来抒发自己"生不逢辰"的哀叹。语言奔放，富有感染力。在艺术表现上，前两句是俯仰古今，写出时间的绵长；第三句登楼眺望，写空间的辽阔无限；第四句写诗人孤单悲苦的心绪。这样前后相互映照，格外动人。句式长短参错，音节前紧后舒，这样抑扬变化，互相配合，大大增强了艺术感染力。

阅读链接

　　这首诗写于万岁通天元年（696 年），契丹李尽忠、孙万荣等攻陷营州。后来武则天委派武攸宜率军征讨，陈子昂投在武攸宜幕府担任参谋，随军出征。武攸宜为人轻率少谋，没有多少才能，很快兵败，情况紧急。陈子昂上书遣万人为前驱以退敌，未被采纳。随后，陈子昂又向武献策，这次则降为军曹。诗人接连受到挫折，眼看一腔报国雄心成为泡影，于是登上幽州台，慷慨悲吟，写下了《登幽州台歌》。

夜归鹿门歌

孟浩然

山寺钟鸣昼已昏，渔梁①渡头争渡喧。
人随沙岸向江村，余亦乘舟归鹿门。
鹿门月照开烟树，忽到庞公②栖隐处。
岩扉松径长寂寥，唯有幽人自来去。

【注释】▶

①渔梁：在襄阳东，离鹿门很近。②庞公：庞德公，东汉隐士。

【译文】▶

　　山寺响起了钟声，天近黄昏，渔梁渡头一片争渡的喧哗声。行人沿

🔍 千古名句

岩扉松径长寂寥，唯有幽人自来去。

着沙岸回到江村，我也乘着小船返回鹿门。鹿门月光明亮照见了轻烟缭绕的树木，我忽然来到了庞公隐居的地方。岩壁当门对着松林长径寂寥往返，这里只有我这个幽居之人自来自去。

名家评析

这是一首歌咏归隐情怀志趣的诗。首两句先写夜归的一路见闻，山寺与渡口两相对照，静喧不同。三、四句写世人返家，自去鹿门，殊途异志，表明诗人的怡然自得。五、六句写夜登鹿门山，到了庞德公栖隐处，感受到隐逸之妙处。末两句写对隐居鹿门山的先辈的羡慕之情。

全诗虽歌咏归隐的清闲淡素，但对尘世的热闹仍不能忘情，表达了隐居乃迫于无奈的情怀。全诗感情真挚飘逸，于平淡中见其优美。

阅读链接

庞德公，字子鱼，又字尚长，生卒年月待考，东汉名士，襄阳人。荆州刺史刘表数次请他进府，皆不就。刘表不肯罢休，一意要请他做官。于是问他不肯接受官禄，那么拿什么留给后世子孙。他回答说："世人留给子孙的是贪图享乐、好逸恶劳的坏习惯，我留给子孙的是耕读传家、过安居乐业的生活，所留不同罢了。"庞德公与当时隐居襄阳的徐庶、司马徽、诸葛亮过从甚密，称诸葛亮为"卧龙"，司马徽为"水镜"，庞统为"凤雏"，被誉为知人。后隐居于鹿门山，现在那里存有其遗迹和塑像。

金陵①酒肆留别

李白

风吹柳花满店香，吴姬②压酒劝客尝。
金陵子弟来相送，欲行不行③各尽觞。
请君试问东流水，别意与之谁短长。

【注释】▶

①金陵：六朝古都，在今江苏南京。②吴姬：吴女，此指酒店中侍女。
③欲行：要走的。不行：不走的。均指店中顾客。

【译文】▶

小风吹动柳絮满店飘香，酒店的侍女捧出好酒请客人品尝。金陵的年轻子弟们都来为我送行，大家兴致很高，频频举杯一饮而尽。我想请你们去问问这东流的江水，离情别意与它相比到底谁更悠长？

名家评析

这首小诗描绘了在春光春色中江南水乡的一家酒肆，诗人满怀别绪酌饮，"当垆姑娘劝酒，金陵少年相送"的一幅令人陶醉的画图。风吹柳花，离情似水。走的痛饮，留的尽杯，这是一场没有眼泪和愁绪的离别。情切切，意绵绵，句短情长，吟来多味。

♪ 千古名句

请君试问东流水，别意与之谁短长。

26

阅读链接

"金陵"是南京的别称，最负盛名。关于其来历，一般认为因南京钟山在春秋时称金陵山而得名。唐《建康实录》中记载，楚威王"因山立号，置金陵邑"，也就是说公元前333年，楚威王灭越后，在紫金山上建了一座城池，当时紫金山叫作金陵山，所以把此城命名为金陵邑。这就是南京称为金陵的发端。此后先后有东吴、东晋、宋、齐、梁、陈等众多王朝在此立都，而明朝初期也定都于此，可见金陵的繁盛和地理位置的重要。

韦讽录事宅观曹将军画马图

杜甫

国初已来画鞍马，神妙独数江都王①。
将军得名三十载，人间又见真乘黄。
曾貌先帝照夜白，龙池十日飞霹雳。
内府殷红玛瑙盘，婕妤传诏才人索。
盘赐将军拜舞归，轻纨细绮相追飞。
贵戚权门得笔迹，始觉屏障生光辉。
昔日太宗拳毛䯄，近日郭家狮子花。
今之新图有二马，复令识者久叹嗟。

🔍 千古名句

曾貌先帝照夜白，龙池十日飞霹雳。

此皆骑战一敌万，缟素漠漠开风沙。

其馀七匹亦殊绝，迥若寒空动烟雪。

霜蹄蹴踏长楸间，马官厮养森成列。

可怜九马争神骏，顾视清高气深稳。

借问苦心爱者谁，后有韦讽前支遁②。

忆昔巡幸新丰宫，翠华③拂天来向东。

腾骧磊落三万匹，皆与此图筋骨同。

自从献宝朝河宗，无复射蛟江水中。

君不见金粟堆前松柏里，龙媒去尽鸟呼风。

【注释】▶

①江都王：李绪，唐太宗之侄。②支遁：东晋名僧，字道林，本姓关。③翠华：皇帝仪仗中用翠鸟羽毛做装饰的旗帜。

【译文】▶

大唐从开国至今，有那么多人画马，可是只有江都王画得最为神妙。曹霸将军绘画功力也很出名，闻名天下三十年，他画的马让人相信人间又见到了神骏"乘黄"。他曾经为先帝玄宗画良马"照夜白"，画得像池龙腾飞十日声如雷。皇宫内库收藏的珍贵的血红玛瑙盘，婕妤传下御旨，才人将它取来。将军接受赐盘叩拜皇恩回归，轻纨细绮相继赐来快速如飞。贵族和大官们都希望得到他的画，得到将军的墨迹，顿时觉得满室增辉。听闻太宗当年有一匹"拳毛騧"马，郭家有一匹好马叫"狮子花"，想不到画中居然会有二马，因此观赏者都开始不住地赞叹。这些都是万里挑一的好马，它们的神态惟妙惟肖，好像在素绢上奔驰着已经卷起了无尽的沙尘。画幅上还有另外七匹马，也都是与众不同、奇异非凡，从远处看好像是轻烟和雪花在空中飘洒。雪白的马蹄在大道上飞驰，矫捷的身影在楸林间穿行，饲养它们的大小官员排列成行。这九匹马都非常可爱，神骏异常，相顾之间都是气度不凡。请问从古至今有谁真正用心爱马，前有东晋的支遁公，后有当今的韦录事。回想当年先帝巡游驾临新丰宫，仪仗队的翠华旗凌空飘舞，浩浩荡荡奔行向东。奔驰腾跃的三万匹骏马，形貌神态与这幅图都一样。自从先皇仙逝，那样的盛事已再难看到，如今你看那金粟山前的松柏林里，天马早已不见踪影，只有鸟儿在风中啼鸣。

名家评析

此诗是在代宗广德二年作于成都。时诗人经历了玄宗、肃宗、代宗三朝，自有人世沧桑，浮生若梦之感。诗人在诗中明以写马，暗以写人。写马重在筋骨气概，写人寄托情感抱负。赞九马图之妙，生今昔之感，字里行间流露出作者对先帝忠诚之意。

诗以奇妙高远开首，中间翻腾跌宕，又以突兀含蓄收尾。写骏马极为传神，写情感神游题外，感人至深，兴味隽永。

阅读链接

诗歌一开始提到的江都王，是指唐朝初年的江都王李绪。李绪善画马，"多才艺，善书画，鞍马擅名"。而开元、天宝时代，曹霸画马出神入化，受到时人的盛赞。

"自从献宝朝河宗"句，引用典故，借周穆王的升天比喻唐玄宗驾崩。周穆王西游，河伯朝见周穆王，并献上宝物，引导他西行，穆王由此归天成仙。

"无复射蛟江水中"，这句诗引用了汉武帝的故事。《汉书·武帝纪》："元封五年，武帝自浔阳浮江，亲射蛟江中，获之。"

古柏行

杜甫

孔明庙前有老柏，柯如青铜根如石。
霜皮溜雨四十围，黛色参天二千尺。
君臣已与时际会，树木犹为人爱惜。
云来气接巫峡长，月出寒通雪山白。
忆昨路绕锦亭东，先主武侯①同閟宫。
崔嵬枝干郊原古，窈窕丹青户牖空。
落落②盘踞虽得地，冥冥孤高多烈风。
扶持自是神明力，正直原因造化功。
大厦如倾要梁栋，万牛回首丘山重。
不露文章③世已惊，未辞剪伐谁能送。
苦心岂免容蝼蚁，香叶曾经宿鸾凤。
志士仁人莫怨嗟，古来材大难为用。

【注释】▶

①先主：指刘备。武侯：指诸葛亮。②落落：独立不苟合。③不露文章：
指古柏没有花叶之美。

🔍 千古名句

云来气接巫峡长，月出寒通雪山白。

【译文】▶

　　武侯庙前有一株古老的柏树，枝干颜色古旧，树根固如磐石。树皮洁白润滑，树干是青黑色的有四十围，朝天耸立足有两千尺。先主与孔明君臣遇合与时既往，至今树木犹在仍被人们爱惜。柏树高耸入云接天地精气眺望巫峡，月出寒光高照寒气直通岷山。记得当年小路环绕我的草堂东面，先主和武侯供奉在同一庙中。柏树枝干崔嵬郊原增生古致，庙宇深邃漆绘连绵门窗宽空。古柏独高耸天地相接，但是难免因为孤傲而招烈风。它得到扶持自然是神明伟力，它正直伟岸源于造物者之功。大厦要倾倒就须有梁栋支撑，古柏稳若高山万年也难拉动。它不露花纹彩理使世人震惊，它虽不避砍伐谁能把它运送？可惜虽有苦心也难免蝼蚁侵蚀，树叶芳香曾经引来鸾凤居住。天下志士们请你们不要怨叹，自古以来大材一贯难得重用。

名家评析

　　此诗是比兴体。诗人赞颂久经风霜、挺立寒空的古柏，表达出对孔明的敬重。用老柏的孤高喻武侯的忠贞，情景交融，因物及人，大发感想。最后一句语意双关，抒发诗人宏图不展的怨愤和大材不为重用的感慨，将千百年来许多壮志难酬的雄心壮志之人的苦闷表达出来。

阅读链接

孔明庙,祭祀的是三国时期著名的政治家、军事家诸葛亮。诸葛亮,字孔明,琅琊阳都(今山东沂南南)人,三国时期蜀汉丞相。诸葛亮在世时被封为武乡侯,死后追谥忠武侯,后来东晋政权推崇诸葛亮军事才能,特追封他为武兴王。诸葛亮为匡扶蜀汉政权,呕心沥血,鞠躬尽瘁,死而后已。

山 石

韩愈

山石荦确①行径微,黄昏到寺蝙蝠飞。
升堂坐阶新雨足,芭蕉叶大支子肥。
僧言古壁佛画好,以火来照所见稀。
铺床拂席置羹饭,疏粝②亦足饱我饥。
夜深静卧百虫绝,清月出岭光入扉。
天明独去无道路,出入高下穷烟霏。
山红涧碧纷烂漫,时见松枥皆十围。
当流赤足踏涧石,水声激激风吹衣。
人生如此自可乐,岂必局促③为人靰④。
嗟哉吾党二三子⑤,安得至老不更归。

🔍 千古名句

升堂坐阶新雨足,芭蕉叶大支子肥。

【注释】▶

①荦确：险峻不平。②疏粝：即糙米。③局促：拘束。④靮：马缰绳。比喻受人牵制、束缚。⑤吾党二三子："吾党"和"二三子"都是《论语》常用语，如《公冶长》"吾党之小子狂简"，《述而》"二三子以我为隐乎"等。这里似对同游的人说。

【译文】▶

山石险峭几乎把山路掩盖住，黄昏时分来到庙堂看到这里蝙蝠穿飞。登上庙堂坐在台阶上，刚下一场透雨，雨后芭蕉舒阔栀子明艳。僧人告诉我说：古壁佛画真堂皇，可是拿火把来看，迷迷糊糊根本难以辨认清楚。铺好床席用过米饭菜汤，我的饥肠终于得以填饱。夜深卧床而外边的虫鸣也停止了，明月爬上了山头，清辉泻入门窗。天明我一个人上路却无法辨清路的方向，雾霭沉沉我上下摸索跟跄。山花明艳涧水碧绿，光泽又艳繁，有时会看见粗大的松枥挺拔在天地间。遇到溪水横路就光脚蹚过，水声激激风飘飘，掀起我的衣裳。人生在世能如此，也应自得其乐，为什么要受到约束，就像被套上马缰的马一样？哎呀，我那几个情投意合的伙伴，为什么到了年老还不返回故乡呢？

名家评析

这是一篇诗体的山水游记。诗人按时间顺序，记叙了游山寺之所遇、所见、所闻、所思。按照时间顺序记叙了由黄昏、深夜至天明的时间递进层次，层次分明，环环相扣，前后照应，耐人寻味。前四句写黄昏到寺之所见，并点出时间、地点、人物等；"僧言"四句，叙述僧人的热情接待的过程；"夜深"二句，写出山寺之夜的清幽和留宿的惬意；"天明"六句，写凌晨早行的风景；"人生"四句，写对山中自然美、人情美的向往，表达了诗人的志趣。

阅读链接

韩愈（768年–824年），字退之，唐河南河阳（今河南孟州南）人。自称郡望昌黎，世称韩昌黎。他是唐代古文运动的发起者，宋代苏轼称他"文起八代之衰"，明人推他为唐宋八大家之首，与柳宗元并称"韩柳"。他的成就和人格都是当时时人的表率，有"文章巨公"和"百代文宗"之名，有《昌黎先生集》。

八月十五夜赠张功曹

韩愈

纤云四卷天无河，清风吹空月舒波。

沙平水息声影绝，一杯相属①君当歌。

君歌声酸辞正苦，不能听终泪如雨。

洞庭连天九疑②高，蛟龙出没猩鼯号。

十生九死到官所，幽居默默如藏逃。

下床畏蛇食畏药，海气湿蛰熏腥臊。

昨者州前捶大鼓，嗣皇③继圣登夔皋。

赦书一日行千里，罪从大辟皆除死。

迁者追回流者还，涤瑕荡垢清朝班。

州家申名使家抑，坎坷只得移荆蛮。

判司卑官不堪说，未免捶楚尘埃间。

同时流辈多上道，天路④幽险难追攀。

君歌且休听我歌，我歌今与君殊科。

一年明月今宵多，人生由命非由他，

有酒不饮奈明何。

【注释】▶

①属（zhǔ）：倾注，此指劝酒。②九疑：山名，疑又作"嶷"。即苍梧山。
③嗣皇：指唐宪宗。④天路：指仕宦之途。

【译文】▶

云雾散去天上看不见银河，清风拂空，月光如荡漾的水波。沙岸齐平湖水宁静，天地间一片宁静，举起一杯美酒，我劝你对月高歌一曲。可是你的歌声这样辛酸，歌词也真悲苦，我实在不忍听下去，早就泪落如雨。洞庭湖波涛连天，九疑山高峻无比，蛟龙在水中出没，猩鼯在山间嗥叫。九死一生，我才到达被贬谪的去处，荒郊僻壤，在这里默默受苦就像罪犯一样心惊胆战。下床常常怕蛇咬，吃饭时时怕中毒，因为近海所以地湿蛇虫很多，到处都有腥臊的臭味。郴州府门前的大鼓，昨日捶个不停，新皇继位，也许会举用贤能之人入朝。大赦的文书，一日万里地传送四方，罪犯递减一等，各种刑徒都可以减免罪行，涤荡污秽瑕垢，改革弊端清理朝班。刺史替我申报了，竟然被观察使扣住不发，命运坎坷，只得移向那偏僻的荆蛮。做个判司卑职的小官，的确不忍说起，一有过错未免要挨打而跪伏在地。当时和我一道贬谪的人，大都已经启程去了，庙堂之路艰险而难以攀登。请你暂且停一停，听我也来唱一唱，我唱的

🔍 千古名句

一年明月今宵多，人生由命非由他，有酒不饮奈明何。

歌比起你的歌，的确有很大不同。一年中的月色，恐怕就属今夜最美最多，人生全由天命注定，也许不为别的，有酒不饮如何对得起这明月光景。

名家评析

开首四句，恰似序文，铺叙环境：清风明月，万籁俱寂。接着写张署所歌内容：叙述谪迁之苦，宦途险恶，令人落泪。最后写"我歌"，却只写月色，人生由命，应借月色开怀痛饮等，故作旷达。明写张功曹谪迁赦回经历艰难，实则自述同病相怜之困苦。此诗语言古朴，直陈其事。感情真实而通畅，淋漓尽致。

阅读链接

贞元十九年（803年），天旱民饥，时任监察御史的韩愈和张署，直言劝谏，请求唐德宗减免关中徭赋，因此触怒权贵。两人的奏章换来的是皇帝的龙颜大怒，权贵借机将他们贬往南方，韩愈任阳山（今属广东省）令，张署任临武（今属湖南省）令。

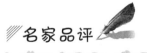

名家品评

　　在唐代众多的优秀诗歌作品中，七言古诗扮演着重要的角色。七古在唐代的兴盛很大程度造就了"唐诗"这一名称。作为一种古老的诗体，七古终于在唐代发展成熟。七古一个很鲜明的特点就是：篇幅较长，容量较大，用韵灵活；而不同的诗人也有不同风格的演绎：李白的浪漫主义、杜甫的现实主义等。但无论怎样，七古都是一种极富表现力的诗歌形式。

阅读思考 ···

　　1.陈子昂的《登幽州台歌》的创作背景是什么？抒发了作者怎样的感叹？

　　2.《夜归鹿门山歌》中的"庞公"指的是谁？诗人为什么会提到他？

　　3.《韦讽录事宅观曹将军画马图》一诗是单纯地写马吗？

五言绝句

五言绝句是绝句的一种，属于近体诗范畴，具体是指五言四句且合乎律诗规范的小诗。五绝起源于汉乐府，又受六朝民歌影响颇大，至唐代发展成熟，在诗坛上大放异彩。代表诗人有李白、杜甫、王之涣、柳宗元、王维等。《春晓》《静夜思》等儿童牙牙学语时就开始背诵的唐诗都是五绝呢！想知道五绝中还有哪些短小精悍的名篇吗？赶紧去读一读下面的诗歌吧。

登鹳雀楼①

王之涣

白日依山尽，
黄河入海流。
欲穷②千里目③，
更上一层楼。

🔎 千古名句

欲穷千里目，更上一层楼。

【注释】▶

①鹳(guàn)雀楼：故址位于今山西省永济县西南。楼有三层，前临中条山，下瞰黄河，为登临胜地。因楼上时有鹳雀栖息而得名。②穷：极尽。③千里目：远眺的目力。

【译文】▶

太阳依傍着西山慢慢地落下去，
滔滔黄河汹涌奔流，进入东海。
如果想把千里之外的风光看完，
那就赶快登上更高的一层楼。

名家评析

本诗透露了盛唐社会的万千气象，充满了积极进取的时代气息。这里有诗人向上进取的精神、高瞻远瞩的胸襟，也暗含要站得高才能看得远的哲理。王之涣在《登鹳雀楼》中以如椽的大笔勾描了黄河和中条山的苍茫雄浑气势，表现出了他博大的胸襟和孜孜不倦的追求精神。

阅读链接

王之涣(688年-742年)，是盛唐时期的诗人，字季凌，晋阳(今山西太原市西南)人。后迁今山西绛县。王之涣豪放不羁，常击剑悲歌，其诗多被当时乐工制曲歌唱，名动一时。常与高适、王昌龄等相唱和，以善于描写边塞风光著称。其代表作有《登鹳雀楼》《凉州词》等。

春 晓

孟浩然

春眠^①不觉晓，
处处闻^②啼鸟。
夜来风雨声，
花落知多少。

【注释】▶

①眠：睡觉。②闻：听到。

【译文】▶

春天正是贪睡的时候，睡醒时天早亮了。
起床细听窗外，到处都是鸟儿欢快的叫声。
夜里的好梦中，隐隐约约听到了风雨声。
可是花儿经过这场风雨，不知被吹落了多少。

🔍 千古名句

夜来风雨声，花落知多少。

名家评析

《春晓》展现给我们的是一幅雨后清晨的春景图。诗歌成功地引入多种形象，春鸟的啼鸣、春风春雨的吹打、落地的春花等，充分调动读者的听觉、视觉的想象，在读者眼前展现了一夜风雨后的春天景色。诗歌构思精巧，语言自然朴素，通俗易懂，韵味无穷，将诗人用惜春凸显爱春的诗意表露出来，情真意切，让人浮想联翩。

阅读链接

孟浩然年轻时曾在鹿门山隐居，后来有心入世 ，却仕途不顺，最后又回到故乡。《春晓》就是他在鹿门山隐居时所作。

宿建德江

孟浩然

移舟泊烟渚①，
日暮客愁新。
野旷天低树，
江清月近人②。

【注释】▶

①渚：水中的沙洲。②"野旷"二句：意谓原野空旷，放眼一看，

🔍 千古名句

野旷天低树，江清月近人。

好像远处的天空已经降在近处的树木之下。江水碧清，月亮的倒影映在水中，好像更靠近人一些。

【译文】▶

把船停靠在云雾弥漫的沙洲边，
暮色降临，愁绪亦如潮水般袭来。
空旷的原野上，天空似乎比树还低，
江水这么清澈，难怪月亮今晚和人这么亲近。

名家评析

这首诗写羁旅之思，写诗人羁留江舟之时的心情和感悟。本诗写作特点是情景相生、自然天成，在情景与愁绪上的转换十分自然，没有丝毫的牵强之处。诗中意境含而不露，先写羁旅夜泊，再叙日暮添愁，最后将视角放大，写到了天空与明月，并在最后一句收尾时又将诗意引导到自身和近处，将明月、江水，还有人融合在一起。一隐一现，虚实相间，两相映衬，互为补充，构成一个隽永、含蓄的秋江月夜图。诗中虽然就只有一个"愁"字，可是诗人内心的忧愁在意境中展现得淋漓尽致，全诗淡而有味，哀而不伤，含而不露，在艺术特色上自成一家。

阅读链接

该诗作于开元十八年（730年）漫游吴越之时。诗人曾带着多年的准备、多年的希望奔入长安，但是这一去并没有获得预想的结果，求仕不成，南寻吴越。此刻，他孑然一身，独对四野茫茫、江水悠悠、明月孤舟的景色，羁旅的惆怅，故园的乡愁，仕途的失意，所有的不快和忧虑漫上心头，于是就成就了这首清新而韵足的五绝小诗。

相 思

王维

红豆①生南国，
春来发几枝。
愿君多采撷②，
此物最相思。

【注释】▶

①红豆：又叫相思子。②撷：摘取。

【译文】▶

红豆树生在南方，

春天到来，酿发新枝。

希望你能多摘一些红豆，

因为它可以寄托更多的相思。

名家评析

本诗另题为《江上赠李龟年》，所以这是首赠给友人的诗。首句简单明了，没有多少难懂的地方，却给读者更多的设定和想象。在最后一语双关，表达了中心思想，与诗人对友人的思念之情相贴合，委婉真实。全诗情调高雅，语言朴素而饱含真情实感，韵律和谐柔美，同时也有些江南民歌的风味，形成了自己的特色。

🔎 千古名句

愿君多采撷，此物最相思。

阅读链接

王维（701年？－761年），字摩诘，原籍祁（今山西祁县），其父迁居于蒲州（今山西永济西），遂为河东人。开元进士。担任过大乐丞、右拾遗等官。安禄山叛乱时，曾被迫出任伪职。其诗、画成就都很高，苏东坡赞他"诗中有画，画中有诗"。王维尤以山水诗成就为最，与孟浩然合称"王孟"。晚年无心仕途，专诚奉佛，故后世人称其为"诗佛"。

鹿柴①

王维

空山不见人，
但闻人语响。
返影②入深林，
复照青苔上。

【注释】▶

①鹿柴（zhài）：地名，就在诗人王维隐居辋川别业附近。柴，本作"砦"。
②返影：指夕阳返照。

🔍 千古名句

空山不见人，但闻人语响。

幽静的空山里人影罕至，

但是人说话的声音很清晰。

落日的余晖洒在了深林里，

不经意间又照在青苔上。

名家评析

第一句"空山不见人"，选取了杳无人迹的空山为背景。第二句"但闻人语响"，又是以动写静，正是因为这一声人语响，把空山的万籁俱寂衬托得更加突出、更加明显。三、四句开始对空山的颜色、光线进行描绘，描写深林夕阳返照，从光线上衬托深林的幽暗。整首诗最大的特点就是采用反衬的手法，多次以静衬动，以明衬暗，衬托空山的幽静，表达诗人隐藏在诗中的禅意。

阅读链接

鹿柴，在今陕西省蓝田县西南，是王维辋川别业中的一景。王维有《辋川集》，收诗二十首，前有序，举孟城坳、华子冈、鹿柴、竹里馆等二十景，每景一诗，并有其好友裴迪的同咏。下面我们来品读一下《竹里馆》这首诗。

竹里馆

独坐幽篁里，

弹琴复长啸。

深林人不知，

明月来相照。

静夜思①

李白

床前明月光，
疑是地上霜。
举头望明月②，
低头思故乡。

【注释】▶

①静夜思：诗题一作"夜思"。②望明月：宋代的版本作"望山月"。

【译文】▶

月光洒满床前，
银白透亮像霜一样。
不禁仰头望月，
低头让人更加思乡。

名家评析

这是一首与月光和思乡有关的名诗。诗人在前二句简单勾勒，将地上的霜与明月的光相互比照、相互对比，形象地写出了深秋明月明亮又寒冷的特点，塑造了寒意萧瑟的意境和诗人孤独的心境。三、四句通过望月的动作，表达了诗人无限的乡思之情。

🔍 千古名句

举头望明月，低头思故乡。

阅读链接

本诗写于唐玄宗开元十四年（726年）旧历九月十五日左右。李白时年二十六岁，写作地点是当时扬州旅舍。一年前二十五岁的李白仗剑出蜀，怀着满腔抱负渡江而来，在荆扬一带游历，了解民生，结交名流，为自己能够获得入仕的机会做准备。李白在一个月明星稀的夜晚，诗人抬望天空一轮皓月，思乡之情油然而生，写下了这首传诵千古、中外皆知的名诗《静夜思》。

逢雪宿芙蓉山主人

刘长卿

日暮苍山远，
天寒白屋①贫。
柴门闻犬吠②，
风雪夜归③人。

【注释】▶

①白屋：古时穷人的屋顶用白茅覆盖或木材不加油漆，所以又叫白屋。②犬吠：狗叫。③夜归：夜晚回来。

🔍 千古名句
柴门闻犬吠，风雪夜归人。

【译文】▶

夜色降临，山路似乎漫无边际，
天气寒冷，屋顶也遮不住寒气。
柴门外一阵阵狗叫的声音传来，
风雪之夜辛苦赶路的人回来了。

名家评析

诗人用简练的画笔，描画出一幅旅客暮夜投宿、主人风雪夜归的寒山雪夜图。诗前两句写旅途所见，后两句写投宿人家之所闻，声音和画面互相印证，非常具有艺术感染力。

阅读链接

刘长卿，字文房，河北河间人。天宝年间进士，官至随州刺史，曾因事下狱，两遭贬谪。他的诗大多表达政治失意，对自然景物刻画入微，最擅长五言诗，有"五言长城"之称。作品集有《刘随州诗集》。

八阵图①

杜甫

功盖三分国②，
名成八阵图。
江流石不转，
遗恨失吞吴③。

【注释】▶

①八阵图：古代用石块在地上堆成的行军布阵图，用来操练军队或作战。②三分国：指三国时天下三分为魏、蜀、吴三国。③失吞吴：这句是指责刘备不听诸葛亮的劝告，进攻东吴失败后让蜀国实力受损元气大伤，这场战役就是夷陵之战，又称彝陵之战、猇亭之战。

【译文】▶

三国鼎立，诸葛亮的功勋十分显赫，
由他创制的八卦阵，更是四海皆知。
任凭江河水流怎样冲击，石头却不动弹，
但可惜刘备征吴失败，蜀国实力大损。

名家评析

这是一首咏怀诸葛亮的诗。前两句"功盖三分国，名成八阵图"将诸葛亮的丰功伟绩做了一个精彩总结，说明他是蜀国与魏国、吴国天下三分的最大功臣。第三句借石比喻诸葛亮对蜀汉政权和统一大业的矢志不渝之情。第四句没有直说，但是也是在批评刘备未坚持联吴抗曹的策略，轻易发动对吴战争导致失败，最终变成千古遗恨。

阅读链接

八阵图：传说是由三国时诸葛亮根据《周易》发明的一种阵法。该阵由乱石堆成，按遁甲分成生、伤、休、杜、景、死、惊、开八门，千变万化，可抵御十万精兵。可参考《三国演义》第八十四回《陆逊营烧七百里，孔明巧布八阵图》。

行军九日①思长安故园

岑参

强欲登高去，
无人送酒来②。
遥怜故园菊，
应傍战场③开。

【注释】▶

①九日：即初九日。九月九日，即重阳节。②"无人"句：这里化用古时的典故。东晋陶渊明有一年重阳节无酒饮，恰好江州刺史派人专门给他送酒来。这句是说自己想喝酒但是找不到酒。③战场：指故乡长安沦为战场。当时安史之乱已经爆发，长安已经失陷。

【译文】▶

九月九日重阳佳节，勉强自己登上高处看风景，
但是在这战乱的行军途中，不会有人能送酒来。
我心情沉重地想念我的故乡长安，还有那里的菊花，
现在菊花也许就挨着哪个战场孤独地开放了。

名家评析

诗人在重阳佳节思亲，但是家乡已经沦为战场，被叛军占领，想要饮酒，离乱之时，酒也喝不上。诗人在这首诗中流露出对国事的忧虑和

🔎千古名句

遥怜故园菊，应傍战场开。

对人民饱受战乱之苦的同情和关切。

诗人对于家乡的思念，都寄托在对长安故园的菊花的怜惜中。这样写，以个别代表一般，使形象更加突出，主题显得更加鲜明。

阅读链接

重阳节，为农历九月九日。《易经》中把"九"定为阳数，九月九日，两九相重，故而叫重阳，也叫重九。重阳节早在战国时期就已经形成，到了唐代，重阳被正式定为民间的节日，此后历朝历代沿袭至今。重阳又称"踏秋"与三月三日"踏春"皆是家族倾室而出，重阳这天所有亲人都要一起登高"避灾"，插茱萸、赏菊花。重阳为历代文人墨客吟咏最多的几个传统节日之一。

问刘十九

白居易

绿蚁①新醅酒，
红泥小火炉。
晚来天欲雪②，
能饮一杯无③？

🔎 千古名句

绿蚁新醅酒，红泥小火炉。

【注释】▶

①绿蚁：新酿的米酒未经过滤，浮有米粒，微呈绿色，称作"浮蚁"。②天欲雪：天要下雪。③无：疑问语气词。

【译文】▶

我有新酿的米酒，香气扑鼻，

还有用红泥做成的小火炉烧得正旺。

暮色四合，看样子非要下雪不可，

这样为什么不留下来与我喝一杯呢？

名家评析

诗人运用了绿蚁新酒、红泥火炉的意象，将劝酒的诗歌写得绘声绘色，形象生动，浅淡中有神韵，富有意蕴。而且将外边的天气和屋内春意融融的友情相比较，让人不得不答应诗人的诚挚邀请。

阅读链接

白居易（772年－846年），字乐天，号香山居士，其先太原（今山西太原市西南）人，后迁居下邽（今陕西渭南北）。是中国文学史上负有盛名且影响深远的唐代诗人和文学家，有"诗魔"和"诗王"之称。他的诗影响广泛而深远，在中国、日本和朝鲜等国享有盛名，他与元稹一起发起了"新乐府运动"，世称"元白"。

江 雪

柳宗元

千山鸟飞绝，
万径人踪①灭。
孤舟蓑笠②翁，
独钓寒江雪。

【注释】▶

①踪：脚印，踪迹。②蓑笠：蓑衣和斗笠。

【译文】▶

群山连绵起伏，但是空旷死寂鸟都飞不进来，
山里山外的小路上，也没有发现人的
行踪。

江中孤舟上，一个披蓑戴笠
的老渔翁，

一个人孤零零地在江
雪之中独自垂钓。

名家评析

"孤舟蓑笠翁，独
钓寒江雪"，诗人在这两
句诗中刻画了不怕天冷、
不怕风雪、专心垂钓、

清高孤傲的渔翁形象。在漫天大雪中，似乎生命都已经静止，但是老渔翁还在孤单的小船上身披蓑衣，独自垂钓。而这个老渔翁的形象，很明显就是诗人自身的写照，表达了诗人在政治改革失败后凛然无畏、不愿屈服的精神。

阅读链接

柳宗元（773年－819年），字子厚，河东解（今山西运城市西南）人，出身官宦家庭，少有才名。德宗贞元九年进士，又举博学宏词科。官礼部员外郎，因参与变革的王叔文集团，被贬为永州司马，后迁柳州刺史，政绩卓著，人称柳柳州。诗文在当时都很有名，和韩愈共同领导了唐代古文运动，并称"韩柳"，是唐宋八大家之一。

寻隐者不遇①

贾岛

松下问童子②，
言③师采药去。
只在此山中，
云深④不知处。

🔍 千古名句

只在此山中，云深不知处。

【注释】▶

①寻：寻访。隐者：隐居山林的人。不遇：没有见到。②童子：小孩，这是指隐者的书童或是弟子。③言：回答说。④云深：指山上云雾缭绕的地方。

【译文】▶

苍松下，我只好问隐者的徒弟，

他说师傅去深山中采药了。

他还指着深山说，就在这座山中，

但是林深山高，我也不知道他具体的位置。

名家评析

诗人去寻访隐者，但是没有见到本人，首句"松下问童子"，交代了诗人寻访隐者未得，于是向隐者的徒弟询问的过程，以下三句都是童子的回答，但是也包含着诗人的层层追问，三问三答层层递进，令人回味无穷。诗人仕途并不得意，所以非常羡慕高洁超俗的世外生活。

阅读链接

贾岛（779年－843年），字浪仙，一作阆仙，唐代诗人，范阳（治今河北涿州）人。早年出家为僧，法名无本，自号"碣石山人"。他对世事颇少萦怀，唯爱写诗，自称"两句三年得，一吟双泪流"，是有名的苦吟诗人，以追求清奇、冷峭的意境著称，又重炼字。与孟郊齐名，人称"郊寒岛瘦"。

行 宫

元稹

寥落^①古行宫，
宫花寂寞^②红。
白头宫女在，
闲坐说^③玄宗。

【注释】▶

　①寥落：孤寂，冷落。②寂寞：冷清，孤独。③说：闲聊，谈论。

【译文】▶

　早已被淡忘的古行宫，
　宫花开放了而无人欣赏。
　这里只有几个白了发的宫女，
　寂寞无聊闲坐着谈论当年的唐玄宗。

名家评析

　这首诗集中描写古行宫的寥落空虚，诗人所描写的此情此景十分凄绝。这首诗在平实中张力十足，含蓄深沉，既抒发了诗人深深哀叹的盛衰之感，又为宫女们的哀怨鸣不平，道出了无尽的沧桑感。

🔍 **千古名句**

白头宫女在，闲坐说玄宗。

阅读链接

　　元稹（779 年 –831 年），字微之，河南（府治今河南洛阳）人。早年家贫。举贞元九年明经科、十九年书判拔萃科，曾任监察御史，因得罪宦官及守旧官僚，遭到贬斥，后转而依附宦官，官至同中书门下平章事，最后以暴疾卒于武昌军节度使任上。与白居易同为早期新乐府运动倡导者，诗亦与白居易齐名，世称"元白"。

　　白居易也有一首写宫怨的名篇，我们不妨来对比一下。

宫　词

泪尽罗巾梦不成，
夜深前殿按歌声。
红颜未老恩先断，
斜倚熏笼坐到明。

登乐游原①

李商隐

向晚意不适，
驱车登古原②。
夕阳无限好，
只是近黄昏。

🔍 千古名句

夕阳无限好，只是近黄昏。

【注释】▶

①乐游原：在长安东南，是登临胜景的好地方。②古原：即指乐游原，汉宣帝时乐游原开始名声渐长，至诗人作此诗时已九百多年。

【译文】▶

临近傍晚，感觉心里很不舒服，
于是坐上车登上乐游原去游玩。
这时夕阳无限美好，灿烂无限，
只是将近黄昏，美景不能长久。

名家评析

这首诗的含义具有多样性，有人认为是诗人赞叹山河的壮美，也有人认为是诗人感慨时代的没落、家国的沉沦，也有人说他是吊古伤今，慨叹自己身世迟暮、壮志难酬。不管怎么样，这句"夕阳无限好，只是近黄昏"已经成了千古名句，任凭后人猜想感慨。

阅读链接

李商隐（约813年－约858年），字义山，号玉溪生、樊南生，祖籍怀州河内（今河南沁阳市）。开成进士。因处于牛李党争的夹缝之中，一生很不得志。其诗构思新奇，风格绮丽，尤其是一些爱情诗写得缠绵悱恻，为人传诵，是晚唐著名的诗人。在诗歌上，他和杜牧合称"小李杜"；在辞赋骈文上，与温庭筠合称为"温李"。

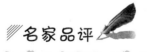

名家品评

> 五言绝句都是短短的二十字,却能将一幅幅清新的画面展现在读者眼前,将一种种真切的意境传达到读者心底。五绝最大的特点就是因小见大,以少总多,在简短的篇幅中包含着丰富的内容。五绝"短而味长,入妙尤难",而唐代人才辈出,创造出许多唐诗中的精华,尤其是李白和王维,将五绝的创作发挥到了极致。

阅读思考

1."欲穷千里目,更上一层楼。"这句诗有什么哲理?

2.《鹿柴》一诗中,"空山不见人,但闻人语响"一句采用了哪种写作手法?表现了怎样的意境?

3.《江雪》一诗中的老翁是谁的写照?表达了什么样的精神?

七言绝句

七言绝句是绝句的一种，由四句组成，每句七个字，有严格的格律要求，源于南北朝，属于近体诗范畴。七言绝句是唐诗中最具代表性的体裁之一，而且在唐代，七绝诗坛名家灿若群星，佳作层出不穷。代表诗人有王昌龄、李白、李商隐、杜牧等。那么，就让我们一起去看看这些伟大的诗人为我们留下了哪些千古绝唱吧！

回乡①偶书

贺知章

少小离家老大②回，
乡音③无改鬓毛④衰⑤。
儿童相见不相识，
笑问客从何处来。

🔎 千古名句

儿童相见不相识，笑问客从何处来。

【注释】▶

①回乡：回到家乡。这首诗是作者于天宝三年（744年）告老还乡时所作。②老大：年纪大了，老了。③乡音：家乡的口音。④鬓毛：额角边靠近耳朵的头发。⑤衰（cuī）：减少，疏落。

【译文】▶

我在青春年少的时光走出家门，到了迟暮老年才回到故乡，
虽然我乡音未改，但我那双鬓却已经斑白如霜。
顽皮的小孩子们看见我，都没有一个认识我的，
他们反而笑着问，这是从哪里来的客人。

名家评析

第一、二句中满含了诗人对岁月不饶人的感慨："少小离家"与"老大回"形成鲜明对比，暗寓自伤"老大"之情。三、四句开始介绍家乡儿童笑问的场面。"笑问客从何处来"，在儿童那里，这只是淡淡的一问，似乎没有什么太多含义。可是诗人听了，却引出了他无穷的感慨，自己的伤老之情与离家的痛苦，都包含在这看似平淡的一问中了。全诗的弦外之音却如空谷传响，哀婉备至，让人久久难以释怀。

阅读链接

　　贺知章（659年－约744年），字季真，自号四明狂客，唐越州永兴（今杭州市萧山区西）人。贺知章诗文以绝句见长，除祭神乐章、应制诗外，其写景、抒怀之作风格独特，清新潇洒，著名的《回乡偶书》两首脍炙人口，千古传诵，《全唐诗》录入十九首。

芙蓉楼送辛渐①

王昌龄

寒雨②连③江夜入吴，
平明④送客⑤楚山⑥孤⑦。
洛阳亲友如相问，
一片冰心在玉壶⑧。

【注释】▶

　　①芙蓉楼：楼址在今湖南省洪江市黔城镇，是当地名楼。辛渐：诗人的一位朋友。②寒雨：寒冷的雨。③连：覆盖。④平明：清晨。⑤客：在这里指辛渐。⑥楚山：因为春秋时的楚国在长江中下游，因此将这一带的山以楚山代称。⑦孤：独自一人。⑧一片冰心在玉壶：冰心在玉壶之中，比喻人清廉正直。冰心，比喻心地纯洁。

🔍 千古名句

洛阳亲友如相问，一片冰心在玉壶。

【译文】▶

寒雨连绵，江面上一片雾霭，

清晨送走了好友，最后只剩下我和楚山孤独的影子。

洛阳的亲朋好友要是偶尔问起了我，就请告诉他们：

我的心依然如以前一样正直、纯洁。

名家评析

　　这是一首构思新颖的送别诗，首两句写迷蒙的江雨和孤独的楚山，烘托出送别的悲壮意境；后两句把自己比作冰壶，表达自己清廉无私的坚定信念。淡写朋友的离情别绪，重写自己的高风亮节，即景生情，寓情于景，含蓄婉转，令人一咏三叹。

阅读链接

　　这首诗大约作于开元二十九年（741年）以后。王昌龄和辛渐是好友，这一年王昌龄因为得罪权贵被贬江宁（今南京），一次，好友辛渐准备渡江北上，取道扬州去洛阳，特意来看望王昌龄。后来辛渐要告别，王昌龄依依不舍，一路从江宁送到了润州（今镇江市），并在芙蓉楼为其饯行。

从①军行②

王昌龄

青海③长云暗雪山④，

孤城遥望玉门关。

黄沙百战穿⑤金甲⑥，

不破楼兰⑦终不还。

63

【注释】▶

①从军：参军。②行：古代的一种歌曲题材。③青海：青海湖。④雪山：这里是指祁连山。⑤穿：磨损，磨破。⑥金甲：战衣，金属制的铠甲。⑦楼兰：原是汉代西域国名，在本诗中泛指当时骚扰西北边疆的敌人。

【译文】▶

青海湖上空的阴云遮盖了远处的雪山，
守护孤城的将士们遥望着远方的玉门关。
塞外的将士久经沙场，有的都磨穿了盔和甲，
但是热血男儿们如果没有击败敌人绝不会活着回去。

名家评析

边塞诗在盛唐时期的特点就是悲壮激昂。本诗是其中的代表作之一，前两句写景，这两句在写景的同时体现出守边将士们对边防形势的关注，对战争的自豪感和使命感，同时也体现出戍边生活的孤寂和艰苦。后两句将这种感情进一步升华，极富感染力地概括了战争的时间之长、环境之艰苦和战斗之惨烈。但是，尽管金甲磨穿，将士的报国壮志却是更为激昂，塞外的大漠风沙不能摧垮将士们的爱国之情，而是让他们在磨炼中变得更加坚定。"不破楼兰终不还"就是身经百战的将士为国效命的誓言。整首诗给人的感受是雄壮有力，激昂振奋。

阅读链接

诗中之所以特别提及青海和玉门关两个地区，主要是由于当时民族之间战争的态势。唐代西、北方有两大强敌：吐蕃和突厥。

而青海地区正是吐蕃与唐军的主要战场；而突厥的势力范围就在玉门关外。可见"孤城"所处的地理位置起着南拒吐蕃，西防突厥的重要作用。

别董大①

高适

千里黄云白日曛②，
北风吹雁雪纷纷。
莫愁前路③无知己，
天下谁人不识君？

【注释】▶

①董大：唐玄宗时代著名的乐师。②曛：指夕阳落山时的昏黄余光。③前路：前面的路，以后的生活。

【译文】▶

天空乌云笼罩，遮天蔽日，
北风追赶大雁，冷雪纷飞。
可是你不用担心往后没有知己，
因为天下谁还不认识你呢？

🔍千古名句

莫愁前路无知己，天下谁人不识君？

名家评析

　　本诗也是一首送别友人诗，但是丝毫不见离别的凄清，反而慷慨豪放又悲壮激昂。前两句诗人借景抒情，没有说离别却能将离别的氛围营造得恰到好处。后两句对友人的嘱咐质朴无华却深情真挚，虽然此时两人都郁郁不得志，但对友人的慰藉充满信心和力量，成为后世人们送别朋友的最好祝愿。

阅读链接

　　高适（约 700 年 –765 年），字达夫，渤海蓨（今河北景县）人，早年潦倒落魄，四十岁后举有道科中第，授封丘县尉，不久即辞去，后来在河西节度使歌舒翰幕中掌书记，接触了大漠神奇风光和戍边士卒的艰苦生活。其诗直抒胸臆，不尚雕饰，以七言歌行最富特色，大多写边塞生活，与岑参齐名，也称"高岑"。

送元二使安西①

王维

渭城朝雨浥②轻尘，
客舍青青柳色新。
劝君更尽③一杯酒，
西出阳关④无故人。

_____

🔎 千古名句

劝君更尽一杯酒，西出阳关无故人。

【注释】▶

①诗题一作"渭城曲"。②浥：湿润。③尽：一作"进"。④阳关：汉置关名，是中原通往西域的必经之路。

【译文】▶

清晨的细雨打湿了渭城的街巷，
旅店的青瓦和柳叶也显得更加青翠。
朋友，请你再喝一杯离别的酒吧，
一旦出了阳关，哪会轻易碰到知己故交。

名家评析

诗人在前两句点出了送别的时间和地点，同时还特意让朝雨帮忙，塑造了一种浓郁的氛围。后两句在频频劝酒中体现对友人真挚的友谊与依依不舍之情。

阅读链接

此诗后来被编入乐府，广为传诵，成为饯别的名曲。或名《阳关曲》，或名《阳关三叠》。白居易《对酒五首》之一有"相逢且莫推辞醉，听唱《阳关》第四声"句，且注明"第四声即'劝君更尽一杯酒'"。

所谓《阳关三叠》，是因为咏唱时，首句不叠，其他三句都再唱。然而，有人认为仅有末句重叠三唱。按白乐天所说的"第四声"，则应是首句不叠，其他三句重叠。不然"劝君"一句不可能为"第四声"。

九月九日忆山东兄弟①

王维

独在异乡为异客，
每逢佳节倍思亲。
遥知兄弟登高处，
遍插茱萸②少一人。

【注释】▶

①这是作者十七岁时所作。山东：指在崤山以东，作者故乡蒲州（今山西永济）。②插茱萸：古代风俗，每年农历九月九日重阳节，就要佩茱萸登高，以此可驱邪避灾。

【译文】▶

独自一人身在他乡作客，
每到佳节就很思念亲人。
今天是兄弟们重阳登高的日子，
可是插带茱萸的兄弟们，却少了我一人。

名家评析

诗写游子思乡怀亲。前两句诗人开门见山地道出了异乡生活的孤独凄然，又直抒胸臆地表达了自己对家乡亲人的思念之情，引起游子的共

🔎 千古名句

独在异乡为异客，每逢佳节倍思亲。

鸣，成了千古以来在外游子经常吟咏的名句。最后诗人想象家乡兄弟们登高的情形，以亲人间的思念之情作结。

阅读链接

茱萸，又名"越椒""艾子"，是一种常绿带香的植物，具有杀虫消毒、逐寒祛风的功效。木本茱萸有吴茱萸、山茱萸和食茱萸之分，都是著名的中药。按中国古人的习惯，在农历九月九日重阳节时爬山登高，臂上佩带插着茱萸的布袋（古时称"茱萸囊"），以驱邪避恶。

黄鹤楼送孟浩然之广陵①

李白

故人西辞黄鹤楼，
烟花三月下扬州。
孤帆远影碧空尽②，
唯见③长江天际流④。

【注释】▶

①之：往。广陵：即今江苏扬州。②碧空尽：尽于碧空，消失在碧蓝的天空中。③唯见：只看见。④天际流：流向天边。

🔎 **千古名句**

孤帆远影碧空尽，唯见长江天际流。

【译文】▶

一位老朋友在著名的黄鹤楼与我辞别，
在美丽的阳春三月去了繁花似锦的扬州。
他的船渐渐远去，最终消失在碧空的尽头，
最后我只看见长江浩浩荡荡地流到天边。

名家评析

本诗抒发了送别时对友人无限依恋的感情。全诗语言清新，气象开合自如。诗人将以绚丽多彩的三月春色和浩瀚无边的长江流水做背景，在这样的风景下为朋友送别，在朋友的船已经走得很远的时候，诗人仍然久久伫立，目送流向天际的江水，不舍得离去。这两句诗没有提到"友情"这个字眼，却表达了诗人与故友之间深挚的友情。诗人巧妙地将依依惜别的深情寄托在壮丽的自然景物描写中，情景交融，感人至深。

阅读链接

唐玄宗开元十三年（725年），李白乘船从四川沿长江东下，一路游览了不少地方。后来他到达襄阳，特地去拜访孟浩然。孟浩然看了李白的诗，大加称赞，两人相交相知，很快成了挚友。开元十八年（730年）阳春三月，李白得知孟浩然要去广陵（今江苏扬州），于是便约他在江夏相会。几天后，孟浩然乘船东下，李白亲自送到江边。大诗人伫立江岸，望着那孤帆渐渐远去，于是写了这首《黄鹤楼送孟浩然之广陵》。

早发白帝城

李白

朝辞^①白帝^②彩云间，
千里江陵^③一日还。
两岸猿声啼不住^④，
轻舟^⑤已过万重山。

【注释】▶

①朝辞：早上辞别。②白帝：白帝城，故城建筑在今重庆市奉节县东，长江北岸的白帝山上。③千里江陵：旧传自白帝城至江陵相距一千二百里。④啼不住：啼叫声在两岸的峡谷中回荡不止。⑤轻舟：轻快的顺水船。

【译文】▶

早晨离开了被彩云红霞映照的白帝城，
仅用一天时间就回到了相隔千里的江陵。
路途上听见两岸的猿啼声连绵不断，
轻盈的小舟在高山峻岭中的江面上疾驰而过。

名家评析

本诗描写了从四川白帝城乘船下江陵的经历。诗人选取了"两岸猿声"和"万重山"两处背景，写景抒情，融汇自然，让人如临其境，

🔍 千古名句

两岸猿声啼不住，轻舟已过万重山。

共叹其妙。结合诗人当时遇赦后愉快的心情，就可以更好地理解诗人观看沿途风景、顺水行舟的轻快舒畅的心情了。

阅读链接

　　唐肃宗乾元二年（759 年）春天，李白因为参加永王李璘的幕府受到牵连，流放夜郎。其行至白帝城的时候，得到赦免，惊喜交加，随即乘舟东下江陵，抵达江陵后即作此诗。

江南逢李龟年①

杜甫

岐王②宅里寻常见，
崔九③堂前几度闻。
正是江南好风景，
落花时节又逢君。

【注释】▶

　　①李龟年：唐开元、天宝年间著名乐工，后来安史之乱后流落江南。他与许多诗人都有交往。②岐王：李范，睿宗第四子，当时名声势力很大。③崔九：唐玄宗重臣，用为秘书监。

　　🔎 千古名句
正是江南好风景，落花时节又逢君。

【译文】▶

曾经在岐王府邸里见到你的演出，

后来在崔九家里也曾多次听到你的歌声。

现在的江南，正好是暮春的落花时节，

但是没有想到你这位老相识竟然也在这里。

名家评析

诗人描写安史之乱后与李龟年重逢的情景，开头两句诗人既是在追忆曾经与李龟年的相识过程，也流露出对"开元盛世"时的深情怀念。最后两句抒发了作者沉痛的家国兴亡之感和自己的零落漂泊之痛，真实再现了那个时代的沧桑巨变，融情于景，暗示了唐王朝的迅速没落和社会的动乱带给人们的飘零流离之苦，用语含蓄蕴藉，意味深长。

阅读链接

李龟年，唐时乐工。李龟年善歌，还擅吹筚篥，擅奏羯鼓，也长于作曲等。他和李彭年、李鹤年兄弟创作的《渭川曲》特别受到唐玄宗的赏识。李龟年作为梨园弟子，多年受到唐玄宗的恩宠，赏赐极厚。后来"安史之乱"爆发，李龟年流落南方，每遇良辰美景便演唱几曲，常令听者泫然而泣。

滁州西涧

韦应物

独怜①幽草涧边生，
上有黄鹂深树②鸣。
春潮带雨晚来急，
野渡③无人舟自横。

【注释】▶

①独怜：最爱。②深树：树林最浓密的地方。③野渡：无人管理的渡口。

【译文】▶

我最喜欢生长在涧边的幽草，
高处还能听到黄鹂隐约鸣叫。
春潮随着暮雨来势汹汹，
渡口无人打理，船只也就随风摇摆了。

名家评析

本诗是一首非常著名的山水诗。全诗情景交融，意境深远，描写了西涧暮春晚雨的幽静景色，幽草、黄鹂、深树，多样的色彩和声音交织在一起，构成难得的幽雅景致。展示了诗人恬淡的情怀，表达了诗人闲适的生活状态，但也透露出诗人不受重用的淡淡忧伤。

○千古名句

春潮带雨晚来急，野渡无人舟自横。

阅读链接

一般认为这首诗是诗人在唐德宗建中二年（781 年）任滁州刺史时所作。他时常独步去滁州西涧欣赏那里清幽的景色，一天游览至此，写下了这首诗情浓郁的小诗。

夜上受降城①闻笛

李益

回乐烽前沙似雪，
受降城外月如霜。
不知何处吹芦管②，
一夜征人尽望乡。

【注释】▶

①受降城：唐时张仁愿于黄河以北筑东、西、中三座受降城，这里指西受降城。②芦管：即芦笛。

【译文】▶

回乐烽前的沙滩白得像雪，
受降城外的月光凉若秋霜。
也不知道是哪里吹起了芦笛，
所有的士兵都在眺望故乡。

🔍 **千古名句**

回乐烽前沙似雪，受降城外月如霜。

名家评析

　　这首诗是李益边塞诗的代表作，前两句写色，第三句写声，诗意悠长，意境深远。景色、声音、感情三者融合为一体，诗意浑成，含蕴不尽。诗人在最后表达了边疆将士长久征战、饱受思乡之苦的思想感情。

阅读链接

　　李益（748年－约829年），字君虞，陇西姑臧（今甘肃武威）人，家居郑州（今属河南）。公元769年登进士第，官至礼部尚书。李益以擅长写边塞诗著称，但其诗大多偏于感伤，最擅长写的就是七绝诗，有《李益集》《李君虞诗集》存世。

征人怨

柳中庸

岁岁金河①复玉关，
朝朝马策与刀环。
三春②白雪归青冢③，
万里黄河绕黑山④。

♀ 千古名句

三春白雪归青冢，万里黄河绕黑山。

【注释】▶

①金河：现内蒙古自治区内。②三春：春季。③青冢：汉代王昭君的坟墓，在内蒙古自治区。④黑山：在内蒙古自治区。

【译文】▶

去年去驻金河今年来守玉门关，

天天只有马鞭和大刀与我做伴。

阳春三月下白雪回到昭君墓地，

穿越万里黄河又绕过了黑山。

名家评析

这首诗描写了征夫长期守边，辗转东西不能还乡的怨情。诗的首句写守边时间持续了很长时间，而且地点不停转换；二句写天天战争不息，生活单调凄苦；三句写边塞气候恶劣，归家难成；四句写边塞形胜，也呼应首句，说明其生涯的不定。以怨为题，却无一"怨"字，用叠字和名词，浑成对偶反复，荡气回肠，虽无"怨"字，怨情自生。

阅读链接

柳中庸（？ -775 年），名淡，中庸是其字，唐代边塞诗人。蒲州虞乡（今山西永济）人，为柳宗元族人。大历年间进士，曾官洪府户曹，未就。其诗以写边塞征怨为主，意气消沉，不像盛唐诗人那样豪迈悲壮。所选《征人怨》是其流传最广的一首。《全唐诗》存诗仅十三首。

石头城①

刘禹锡

山围故国②周遭在，
潮打空城寂寞回。
淮水东边旧时月，
夜深还过女墙③来。

【注释】▶

①本诗为《金陵五题》第一首，石头城原是三国时东吴的都城。
②故国：故城。③女墙：城上凹凸形的矮墙。

【译文】▶

时代变换，围绕着旧国都的群山还依然矗立，
寂寞古老的城池，只有潮水依然陪伴着它。
秦淮河的东边，又看到了以前也来过的月亮，
入夜之后，它总会翻过云霞照到城墙这边来。

名家评析

这首诗写出了六朝故都的荒寒寂寞，曾经的石头城，繁华已不在，
吊古伤今，借景抒情，诗人内心一阵感叹。诗人在"永恒"的景物中寄
情托思，借助群山、夜潮、月亮等创造出幽远的意境，成为咏史名篇。

🔍 千古名句

淮水东边旧时月，夜深还过女墙来。

阅读链接

刘禹锡（772年－842年），字梦得，洛阳（今属河南）人，自言祖籍中山（治今河北定州）。贞元九年进士，登博学宏词科，授监察御史，因参加王叔文变法，反对宦官和藩镇割据势力，失败后被贬为朗州司马，迁连州刺史。后因宰相裴度力荐，任太子宾客，加检校礼部尚书，世称刘宾客。与柳宗元交好，人称"刘柳"，又与白居易常相唱和，又并称"刘白"。诗风格清新，婉转含蓄，善于吸收民歌的精华，并多反映社会生活。

秋词二首①

刘禹锡

自古逢秋悲寂寥，
我言秋日胜春朝。
晴空一鹤排云②上，
便引诗情③到碧霄④。

【注释】▶

①刘禹锡的《秋词》共二首，本篇是第一首。②排云：冲破云层。③诗情：作诗的豪情。④碧霄：蓝天。

🔎 千古名句

自古逢秋悲寂寥，我言秋日胜春朝。

【译文】▶

自古以来，人们每说到秋天就都是寂寞凄凉的风格，

但是我却认为秋天有时候要胜过春天的妖娆。

秋高气爽，晴朗的天空一只仙鹤冲入云霄，

这样的风景把我的诗兴也带到了晴朗的天空中。

名家评析

历代文士逢秋必愁，总摆脱不了悲凉寂寞的情感。诗人一反传统秋词的凄凉基调，用爽朗明快的语言，表现了诗人积极乐观的心境。诗人为秋天写出一曲明丽爽朗的赞歌，表现了诗人豪迈乐观的情怀。

阅读链接

刘禹锡参加了王叔文变法，失败后被贬朗州司马，诗人面对此番逆境，并不消沉，反而表现出异于常人的豪迈，这首诗正是此时所作。

乌衣巷①

刘禹锡

朱雀桥②边野草花，
乌衣巷口夕阳斜。
旧时王谢③堂前燕，
飞入寻常百姓家。

【注释】▶

①乌衣巷：在今南京，三国时其地为吴国兵营，军士都穿乌衣，故名。后来成为世家大族的聚居地。②朱雀桥：秦淮河上的一座桥，与乌衣巷很近。③王谢：东晋王导一族、谢安一族都是住在乌衣巷，他们都曾是东晋权势显赫的家族。

【译文】▶

朱雀桥边人烟冷落野草丛生，
乌衣巷日薄西山、气势已尽。
东晋时王导、谢安两家的堂前燕子，
现在也在寻常百姓家筑巢安家。

名家评析

本诗语言精练，文字含蓄而有韵味，用高度的艺术概括力表达了世运无常的感慨。第一句"朱雀桥边野草花"，一个"野"字，揭示了朱

🔍 千古名句

旧时王谢堂前燕，飞入寻常百姓家。

雀桥的衰败荒凉。诗人在第三句开头特地用"旧时"两字加以强调，并让燕子肩负了穿越时空见证历史的责任。在第四句中再用"寻常"两字进行对比，强调两者的截然不同，从而构成对豪门贵族最终衰落的无情讽刺。

阅读链接

　　"王谢"就是南方望族王氏与谢氏的并称。东晋时王导、谢安两大家族，从北方南迁会稽（今绍兴），人称"王谢"。王家世代都是北方大族，南迁后，王导成为东晋初年的宰相，权势显赫，威震朝野，朝野中有"王与马共天下"的歌谣，王即指王氏家族。"谢"，就是谢安，字安石。他是晋孝武帝的丞相，人称谢太傅，功勋卓著，曾一度辞官退隐浙江会稽东山，当时曾有人说"安石不出，将如苍生何"，足见他的威望之高。后复出主持大局，大破苻坚，即军事上以少胜多的"淝水之战"。

暮江吟

白居易

一道残阳铺水中，
半江瑟瑟①半江红。
可怜九月初三夜，
露似真珠②月似弓③。

🔎 千古名句

可怜九月初三夜，露似真珠月似弓。

【注释】▶

①瑟瑟：深碧色。②真珠：通"珍珠"。③月似弓：因是上旬的月牙，看起来就像弓一样的弯月。

【译文】▶

傍晚时分，夕阳的余晖洒在江水之上。

晚霞映照，江水顿时变成一半碧绿一半绯红。

九月初三的夜晚真是美丽啊！

露珠晶莹剔透，一弯新月精巧如弓。

名家评析

这是一首即景小诗。前二句写黄昏江景，诗人抓住了夕阳下的江水绚烂多彩的景色。后二句写月出后清丽的夜景，通过对"露"和"月"的描写，塑造了一派和谐宁静的夜景。

阅读链接

此诗作于约长庆二年（822年）白居易赴杭州任刺史的途中。当时朝廷政治昏暗，牛李党争激烈，诗人厌倦朝堂纷争，请求外任。这首诗就是诗人离开朝廷后所作，故而心情轻松愉悦。

寒　食①

韩翃

春城无处不飞花，
寒食东风御柳②斜。
日暮汉宫传蜡烛③，
轻烟散入五侯④家。

【注释】▶

①寒食：每年冬至以后的一百零五天，大概是清明节的前两天为寒食节。据《左传》所载，晋文公火烧山林请介子推接受封赏，没想到他却抱着大树活活被烧死。晋国人为了悼念他，每年的这一天禁火，只吃冷食，所以称寒食。②御柳：皇帝御花园里的柳树。③传蜡烛：虽然寒食节禁火，但公侯之家受赐可以点蜡烛。④五侯：东汉桓帝在一天之中封了五个得宠的宦官为侯，故称五侯。

【译文】▶

春天的长安城落花满地，
寒食节东风把御花园中的柳枝吹斜。
黄昏时，宫中传出御赐的烛火，
轻烟散入了新封的王侯之家。

🔍千古名句
春城无处不飞花，寒食东风御柳斜。

名家评析

这是一首讽刺诗。按照习俗，寒食节禁火，但是一些受宠的宦官，却得到皇帝的特赐火烛，享有特权。诗人因此讥讽宦官的得宠，也暗喻贤臣的不得志。蘅塘退士批注："唐代宦官之盛，不减于桓灵。诗比讽深远。"首二句写仲春景色，后二句暗寓讽喻之情。诗不直接讽刺，而只描摹生活上的特权阶层，讽刺巧妙而辛辣，入木三分。

阅读链接

韩翃，生卒年不详，字君平，唐代诗人，南阳（今属河南省）人。一直在军队里做文书工作，擅长写送别题材的诗歌，与钱起等诗人齐名，时称"大历十才子"。后来皇帝选拔他担任起草诏令的中书舍人，当时有两个韩翃，大臣问选谁，皇帝说要写"春城无处不飞花"的那个韩翃，可见这首诗在当时是多么有名。

枫桥夜泊

张继

月落乌啼霜满天，
江枫渔火①对愁眠。
姑苏②城外寒山寺③，
夜半钟声到客船。

🔍 千古名句

月落乌啼霜满天，江枫渔火对愁眠。

【注释】▶

①渔火：渔船上的灯火。②姑苏：属今江苏省苏州市。③寒山寺：在枫桥边，相传因唐名僧寒山、拾得曾在此居住而得名。

【译文】▶

几声乌鸦的啼叫之后才发现月落了，秋霜遍地，

江桥边渔火点点，我抱着愁思孤独难眠。

这时候姑苏城外的那座寒山古寺，

半夜警世的钟声传到了我乘坐的客船里。

名家评析

这首诗记叙了诗人夜泊枫桥看到的景象和内心感受。诗人将月落、霜、渔火、寒山寺、钟声等意象进行艺术再创造，构成了一幅幽静诱人、满含情趣的江南水乡图。这首诗明明是写愁，但是愁绪哀而不伤、含而不露，成为一首流传千古的名诗。

阅读链接

张继（约715年－约779年），字懿孙，襄州（今湖北襄樊）人。唐代诗人，天宝十二年（753年）登进士，后弃笔从戎，最终为盐铁判官，为官清廉正直，上任仅一年多即病逝于任上。有诗集《张祠部诗集》一部流传后世，诗风格清远，不事雕琢，其中以《枫桥夜泊》一首最著名。

集灵台·其一

张祜

日光斜照集灵台，
红树花迎晓露开。
昨晚上皇新授箓，
太真①含笑入帘来。

【注释】▶

①太真：指杨贵妃。她先为寿王李瑁的王妃，玄宗先令她出家为女道士，并赐道号"太真"。而后再将其召入宫中，并在天宝四年册为贵妃。

【译文】▶

黎明的曙光斜照着集灵台，
宫树红花迎着晓雾盛开。
唐玄宗昨晚刚授了仙家宝，
看太真嫣然含笑进帘来。

名家评析

张祜《集灵台》两首诗主要讽刺杨玉环姊妹的专宠。这是第一首，意在讽杨玉环的轻薄和失节。因为杨玉环原是玄宗子寿王瑁的妃子，被玄宗召入宫中，后来册封为贵妃。集灵台是祀神所在，诗人指出玄宗不

千古名句
昨晚上皇新授箓，太真含笑入帘来。

该在这里行"授"礼，而杨玉环"含笑"入内，诗人用的是太真，形象地描绘了两人为了掩人耳目而做的一番姿态，足见其轻薄。

阅读链接

张祜（约785年－约852年），唐代诗人，字承吉，贝州清河（今河北清河西）人。初寓姑苏，后至长安，长庆年间令狐楚表荐之，不报。辟诸侯府，为元稹排挤，遂至淮南、江南等地，隐居以终。张祜纵情声色，流连诗酒，同时任侠尚义，喜谈兵剑，心存报国之志，希图效力朝廷，一展抱负。诗集十卷四百六十八首至今保存完好。有《张承吉文集》。

近试上张水部

朱庆馀

洞房昨夜停红烛，
待晓堂前拜舅姑①。
妆罢低声问夫婿，
画眉深浅入时无。

【注释】▶

①舅姑：公婆。

🔍 千古名句

妆罢低声问夫婿，画眉深浅入时无。

【译文】▶

洞房里的红烛通宵燃点，
只等到天亮去堂前把公婆拜见。
梳妆停当向夫婿轻声询问：
"合不合时样啊，你看这画眉的深浅？"

名家评析

诗人在这里以夫妻或男女爱情关系比拟君臣以及朋友、师生等其他社会关系。全诗紧扣"入时无"三字，将新娘的忐忑心态描绘得十分巧妙。新娘打扮得入不入时，能否讨得公婆欢心，最好先问问新郎，如此精心设问寓意自明，令人惊叹。

阅读链接

朱庆馀，字可久，闽中（今福建）人，也说是越州（治今浙江绍兴）人。宝历年间进士，官秘书省校书郎。本诗即诗人在应试前所作的呈现给张籍的行卷。其诗辞意清新，描写细致，得到张籍的赏识。

过华清宫

杜牧

长安回望绣成堆①，
山顶千门次第开。
一骑红尘妃子笑②，
无人知是荔枝来。

【注释】▶

①绣成堆：骊山上花木茂盛，亭台遍布，美丽得就像锦绣一样。②这句是说指朝廷派遣快马为杨贵妃传送新鲜荔枝。

【译文】▶

从长安回头远望骊山，那里的风景奇秀如画，

接着就看到山顶华清宫的宫门一个接一个地打开。

有一人骑马疾驰而来，这时杨贵妃笑逐颜开，

可是没有人会想到，这人其实是为杨贵妃送荔枝来的。

名家评析

诗人一开始就制造悬念，用"山顶千门"为什么一个接一个打开制造悬念，将"一骑红尘"和"妃子笑"巧妙联系，给读者留下一连串悬念。直到最后一句答案揭晓，深刻地揭露了唐玄宗与杨贵妃骄奢淫逸的生活。把全诗的思想境界提升到一个高度，并留给读者充分的想象空间。

阅读链接

"山顶千门次第开"，"山"指骊山。骊山，是秦岭北侧的一个支脉，东西绵延二十余公里，最高海拔一千二百五十六米，远望山势如同一匹骏马，故名骊山。骊山温泉喷涌，风景秀丽多姿，自三千多年前的西周就成为帝王游乐宝地。周、秦、汉、唐以来，这里一直是游览胜地，曾营建过许多离宫别墅。

华清宫，中国古代离宫。以温泉汤池著称。现今地址为陕西省西安市临潼区骊山北麓。据文献记载，秦始皇曾在此"砌石起宇"，西汉、北魏、北周、隋代亦建汤池。唐贞观十八年（644年），唐太宗诏令在此造殿，赐名汤泉宫。天宝六载（747年）改名华清宫。

赤 壁

杜牧

折戟沉沙铁未销①，

自将②磨洗认前朝。

东风不与周郎③便，

铜雀④春深锁二乔⑤。

【注释】▶

①销：锈蚀。②自将：自己拿了起来。③周郎：周瑜，三国时吴国都督，赤壁之战趁东风火烧曹军，为三国鼎立创造了条件。④铜雀：铜雀台，在今河北。⑤二乔：汉末名士乔玄两个女儿，大乔、小乔二姐妹，分别嫁给了孙策和周瑜。

【译文】▶

断戟沉在泥沙中，几百年来竟然没有消损，

自己拿来磨洗，认出这是赤壁之战时的兵器。

假设当年东风不来，周瑜的火攻计未必就能成功，

那么大乔小乔就要被曹操藏到铜雀台了。

名家评析

诗人吊古人之物，抒发了自己的感慨。在诗的开头二句，诗人借物起兴，慨叹前朝人物，而后提出了如果周瑜火攻没有东风帮忙，东吴也

千古名句

东风不与周郎便，铜雀春深锁二乔。

就灭亡了，二乔将被掳去，历史就要重新改写。诗人没有谈论历史风云中的是是非非，而是采用大胆假设，将诗歌写得蕴含风韵，情致盎然。

阅读链接

　　诗中所讲历史事件为赤壁之战。孙权命周瑜、程普为左右督，鲁肃为赞军校尉，率三万精锐水兵，与刘备合军共约五万，进驻夏口与曹操隔江对峙。曹操下令将战船相连，减弱了风浪颠簸，而周瑜针对曹军"连环船"的弱点，采用火攻，并辅以诈降计，火船乘风闯入曹军船阵，顿时一片火海，曹军伤亡惨重，曹操引兵北去。

泊秦淮

杜牧

烟笼寒水月笼沙，
夜泊秦淮近酒家。
商女①不知亡国恨，
隔江②犹唱后庭花③。

【注释】▶

　　①商女：指卖唱的歌妓。②江：指秦淮河。③后庭花：乐府曲名，陈后主作的歌词。

　　🔎千古名句
商女不知亡国恨，隔江犹唱后庭花。

【译文】▶

水汽弥江，月光洒在白沙上，
小船停靠在秦淮河边，靠近酒家。
歌女为人作乐，怎么知道有亡国之恨，
她们在岸那边，依然唱着后庭花的亡国之音。

名家评析

此诗揭露了晚唐统治阶级沉溺声色、贪图于享乐、不知道过问国家命运的悲愤和忧虑之情。诗人看到金陵城又是曾经那样的繁华，将现在的唐朝国势日衰与前朝的亡国命运相联系，不仅悲从中来。最后用陈后主的故事，提醒当权者，不要做大唐亡国的罪人。

阅读链接

"后庭花"是指陈后主曾作一首《玉树后庭花》。陈是南北朝时期南朝最后一个朝代。最后一位君主陈叔宝，被人称作陈后主。陈后主精通音律，所以亲自作了一首《玉树后庭花》，与后宫佳丽日夜笙歌，不管国家大事。当时杨坚正积蓄兵力，想要渡江灭陈，而陈后主并不在意，还整天过着花天酒地的生活。直到隋朝军队濒临城下，只能接受亡国灭种的厄运。

寄扬州韩绰判官

杜牧

青山隐隐水迢迢^①，
秋尽江南草未凋。
<u>二十四桥明月夜，</u>
<u>玉人^②何处教吹箫。</u>

【注释】▶

①迢迢：形容遥远。②玉人：指韩绰，含赞美之意。

【译文】▶

青山隐隐江流千里迢迢，
深秋的江南草木枯凋。
扬州的二十四桥上月色必是妖娆，
可是老朋友你会在何处听取美人吹箫。

名家评析

这首诗是当时杜牧被任为监察御史，由淮南节度使幕府回长安供职后所作。杜牧和韩绰在扬州曾一起游玩，常出没于青楼娼家，有不少风流韵事，所以回到长安后杜牧写诗寄赠。诗的头两句写景，在远处将扬州的一带青翠的山峦描绘出来，隐隐约约，给人以迷离恍惚之感；第二句是想象江南虽在秋天，但草木尚未完全凋零枯黄，表现优美的江南风

🔎千古名句

二十四桥明月夜，玉人何处教吹箫。

光。这两句是从山川物候来写扬州，后两句询问韩绰别后的状况，怀念当年一起游乐的时光。

阅读链接

二十四桥：此桥有二说，一为宋沈括所说，《梦溪笔谈·补笔谈》中，记载了扬州二十四座桥的名称；一为清李斗所说，《扬州画舫录》中说，二十四桥即吴家砖桥，又名红药桥，因古时有二十四位美人在桥上吹箫，故名。

遣 怀

杜牧

落魄①江湖载酒行，
楚腰②纤细掌中轻。
十年一觉扬州梦，
赢得青楼③薄幸名。

【注释】▶

①落魄：漂泊。②楚腰：楚灵王好细腰，所以后人将细腰称为楚腰。这里均指扬州的歌妓。③青楼：指歌妓的居处。

🔍 千古名句

十年一觉扬州梦，赢得青楼薄幸名。

【译文】▶

漂泊江湖常常载酒而行，

放浪形骸沉溺美色流连于声色中。

十年扬州不堪回首，竟是一场春梦，

流连青楼，只落得个薄情郎的声名。

名家评析

此诗是追忆扬州岁月之作。杜牧于文宗大和七年至九年（833年–835年）在淮南节度使牛僧孺幕府任推官，后转掌书记，在扬州与青楼女子多有来往。诗人生性风流倜傥，放浪形骸但是日后追忆，终究会觉得如梦如幻、一事无成，也暗藏了诗人感慨人生、自伤怀才不遇的感情。

阅读链接

诗人在与这些青楼女子的交往过程中也留下不少优秀的诗篇，我们不妨一起来品读一下。

赠别·其一

娉娉袅袅十三馀，

豆蔻梢头二月初。

春风十里扬州路，

卷上珠帘总不如。

赠别·其二

多情却似总无情，

唯觉尊前笑不成。

蜡烛有心还惜别，

替人垂泪到天明。

贾 生

李商隐

宣室^①求贤访逐臣^②，
贾生^③才调更无伦。
可怜夜半虚前席，
不问苍生问鬼神。

【注释】▶

①宣室：指代汉文帝。②逐臣：指贾谊，他曾被贬为长沙王太傅。
③贾生：贾谊，西汉政治家。

【译文】▶

汉文帝想要找到一位能臣贤士，
这时被贬过的贾谊才华举世无双。
君臣际遇一直谈到了深夜，
但是皇帝问的不是民生而是鬼神学说。

名家评析

这是首著名的咏史诗。诗人先扬后抑，将贾谊得到汉文帝的召见并
谈至深夜的事迹叙述出来，而后笔锋一转，诗人把讽刺的矛头指向汉文
帝，揭露他求贤只是为个人求神问道，没有认识到贤人的才能。此诗借
古讽今，也是为自己鸣不平。

🔎 **千古名句**

可怜夜半虚前席，不问苍生问鬼神。

阅读链接

　　贾谊（前200年－前168年），洛阳（今属河南省）人。西汉初年著名的政论家、文学家。十八岁即有才名，二十余岁被文帝召为博士，不到一年被破格提为太中大夫。但是在二十三岁时，因遭群臣忌恨，被贬为长沙王的太傅。后被召回长安，结果却是"可怜夜半虚前席，不问苍生问鬼神"，还是未被重用，只是做了梁怀王太傅。梁怀王坠马而死后，贾谊深自歉疚，三十三岁时忧伤而死。

嫦　娥

李商隐

云母屏风烛影①深，
长河②渐落晓星沉。
嫦娥③应悔偷灵药，
碧海④青天夜夜心⑤。

【注释】▶

　　①烛影：在烛光照耀下的影子。②长河：银河。夜晚天空呈现的银白色的光带。银河由大量恒星构成。古亦称云汉，又名天河、天汉、星河、银汉。③嫦娥：月中仙女。传说她本是后羿之妻，因偷吃了丈夫从

🔎 千古名句

嫦娥应悔偷灵药，碧海青天夜夜心。

西王母处得来的仙药，遂飞奔月宫。④碧海：形容蓝天碧绿就像海一样。⑤夜夜心：指夜夜感到孤独寂寞。

【译文】▶

云母屏风上印着一层高高的烛影，

银河慢慢地斜转，启明星已经暗淡下来。

嫦娥想必后悔当初偷吃了不死仙药，

现在孤身一人独处碧海夜夜听到冷心暗泣。

名家评析

这首诗借用了嫦娥盗药的传说，但是主题思想历来说法不一。这也是李商隐诗的魅力所在，他的诗有的凝练蕴藏哲理，但是这里面的哲理却不是一两句就能参透的。诗人以嫦娥为主角，描写了嫦娥在月宫中寂寞凄凉的情形，既可以理解为闺怨诗，也可以理解为劝谕诗，都是见仁见智的看法。

阅读链接

嫦娥奔月的故事是中国古老的神话传说，充满了传奇色彩，代表着古人丰富的想象力。传说古代世界天上有十个太阳，十个太阳没有规律地出现在天上，烤得人们不敢出门，庄稼都被烤焦了。后来有一个神射手名叫后羿，天生神力，用自己的力量将天上的十个太阳射掉了九个，这样人们才又恢复正常的生活。后羿也被人们推举成国王。后来后羿也老了，于是他向西王母要来了长生不老的神药，并交给自己的妻子嫦娥保管。不料有一次嫦娥趁着后羿出门，就偷吃了丈夫后羿从西王母那儿讨来的不死之药。之后，嫦娥的身子变得越来越轻，她慢慢地飞到了月宫。但琼楼玉宇，高处不胜寒，嫦娥在月宫中十分孤独，还不如在地上过得愉快。

夜雨寄北

李商隐

君问归期未有期，
巴山夜雨涨秋池。
何当①共剪西窗烛。
却话巴山②夜雨时。

【注释】▶

①何当：何时，什么时候。②巴山：不是指大巴山，而是指缙云山。

【译文】▶

你问我什么时候可以回家，可是我也说不准，
因为今晚山林夜雨来势很猛，雨水已涨满池子。
何时你我能重新聚首，一起在西窗下剪烛夜谈，
到时候我就可以给你叙说今日巴山夜雨的情景了。

名家评析

本诗用语明白如话，但是诗人善用波澜，将故事一波三折，一句"巴山夜雨涨秋池"很自然地引出了"何当共剪西窗烛"，设想以后的温馨场景，语气亲切自然，感情深挚，十分动人。

♀千古名句

君问归期未有期，巴山夜雨涨秋池。

阅读链接

有人考证，以为此诗是作者于大中五年七月至九月间入东川节度使柳仲郢梓州幕府时作。其时其妻王氏已殁，为此，以为此诗是寄给长安友人。但诗人入梓幕，与其妻仙逝，均在大中五年夏秋之际，即使王氏仙逝居先，诗作在后，在当时交通阻塞和信息不灵的时代，也是完全可能的。如果是"寄北"的话，未免太过细腻恬淡；全诗语短情长，悱恻缠绵，更像是"寄内"。

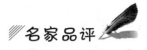

名家品评

唐代七绝不仅数量多，而且质量高，内容丰富，风格多样。唐代的七言绝句都堪称唐代诗歌史乃至整个中国诗歌史上的一个里程碑。唐代的七绝诗人仅用 28 个字来描绘自然风光、揭露社会现实、抨击朝政黑暗、书写友谊爱情、排遣离愁别绪，整个唐朝的风采尽现眼前。

阅读思考

1.“一片冰心在玉壶”这句诗是什么意思？

2.李白的《早发白帝城》一诗表现了诗人什么样的心情？诗人为什么有这样的心情？

3.“旧时王谢堂前燕，飞入寻常百姓家”有什么深意？

4.杜牧的《过华清宫》讲的是什么故事？揭示了什么？

五言律诗

五言律诗简称五律，是律诗的一种。五律源于五言古体，风格峻整，音律雄浑，含蓄深厚，成为唐人应制、应试以及日常生活中普遍采用的诗歌题材。唐代五律名家数不胜数，以王昌龄、王维、孟浩然、李白、杜甫、刘长卿成就为大。让我们通过以下的诗歌，一睹前人风采吧！

在狱咏蝉

骆宾王

西陆①蝉声唱，南冠②客思③深。

那堪玄鬓④影，来对白头吟。

露重飞难进，风多响易沉⑤。

无人信高洁，谁为表予心。

【注释】▶

①西陆：指代秋天。②南冠：囚犯的代称。③客思：游客之思，指思念家乡。④玄鬓：黑发，此指蝉翅。⑤沉：沉没。

【译文】▶

入秋时节，蝉还在不停地鸣唱，我被囚禁在狱中，思乡的忧愁阵阵渐深。怎么可以忍受蝉扇动那双乌黑的翅膀，对我一头苍苍的白发，一刻不停地唱歌。蝉儿啊，晨露很重，你已经很难再向高处飞进，冷风吹过来，你的歌声就会很容易被风声淹没。就算你住在高树上只是把清露当作食物，可世上的人都不相信你的高洁，那么又有谁能表白我的皎皎纯洁之心呢？

名家评析

诗人借蝉喻人，以蝉自喻，抒发了自己遭谗言被陷害的愤郁之情。诗中蝉与诗人浑然一体，诗人借蝉鸣唱，来为自己高唱，托物言志，抒发自己的愤懑。

阅读链接

骆宾王（约638年－？），字观光，名宾王，婺州义乌（今属浙江）人。唐朝初期诗人，与王勃、杨炯、卢照邻并称"初唐四杰"。公元678年，刚升为侍御史的骆宾王被人陷害入狱，《在狱咏蝉》即是骆宾王陷身囹圄之作。骆宾王出狱后参加徐敬业讨伐武则天的义兵，写了历史上著名的《讨武氏檄》，后来兵败，不知所终。

南冠，指钟仪，春秋时楚人，史书记载的最早的古琴演奏家，世代都是宫廷琴师。楚、郑交战的时候，他被郑国俘虏，献给了晋国。晋景公以对外国使臣的礼节礼待他，为了促进两国和好，让他回楚国谈判。钟仪后来被称为四德公，其后世以其为祭祀祖宗的堂号。

杜少府之任蜀州

王勃

城阙①辅②三秦③，风烟④望五津。

与君离别意，同是宦游⑤人。

海内⑥存知己，天涯若比邻⑦。

无为⑧在歧路⑨，儿女共沾巾。

【注释】▶

①城阙：指长安。②辅：护卫。③三秦：现陕西一带，古为秦国。项羽灭秦后，分其为雍、塞、翟三国。故称三秦。④风烟：指自然景色。⑤宦游：为了做官远游在外。⑥海内：四海之内，指国内。⑦比邻：近邻。⑧无为：不要。⑨歧路：岔路，指与友人分离的地方。

【译文】▶

首都长安由三秦之地护卫着，可是你就要奔赴的蜀地，现在还是一片风烟迷茫。我与你一样，心里都充满了离别的难过，那是因为我们都是远离家乡、外出做官的人。可是一想到这个世界上有了解自己的人，就算是天涯海角也跟亲密近邻一样。我们不要在分手的路口相互哭泣了，我们不应该像青年男女那样大声哭泣让泪水沾湿佩巾。

名家评析

此诗是送别的名作，诗意慰勉勿在离别之时悲哀。起句严整对仗，

🔍 千古名句

海内存知己，天涯若比邻。

交代送别地点，暗藏惜别情意。三、四句诗人宽慰友人，不要感到悲凉和孤独，以实转虚。第三联高度概括了"友情深厚，时空无阻"的情景，奇峰突起，成为千古名句。尾联点出"送"的主题。在惜别之中也显现出诗人豁达的心胸和豪迈的情怀。

阅读链接

王勃（约650年－676年），字子安，绛州龙门（今山西河津）人。是"初唐四杰"第一人，在诗文方面，与于龙齐名，并称"王于"，亦称"初唐二杰"。有《王子安集》。

三秦，这里泛指秦岭以北、函谷关以西的广大地区。本指长安周围的关中地区。而后秦亡，项羽将关中原秦故地分封给章邯等三位秦降将，分成雍、塞、翟三国，因此关中又称"三秦"。

五津，指岷江的五个渡口白华津、万里津、江首津、涉头津、江南津。这里泛指蜀川。

望月怀远

张九龄

海上生明月，天涯共此时。
情人怨遥夜，竟夕①起相思。
灭烛怜光满，披衣②觉露滋。
不堪盈手③赠，还寝梦佳期。

🔎 千古名句

海上生明月，天涯共此时。

【注释】▶

①竟夕：整夜。②披衣：谓披上衣服走出户外。③盈手：满手，满握。

【译文】▶

海上升起了一轮明月，在这个美好的夜晚，远在天边的亲人和我一起在遥望着月亮。多情的人抱怨夜太长了，而且经过整整一夜后，思念之情变得更加浓烈。吹灭了蜡烛，月光盈地，穿上衣服走到屋外望月，一阵阵凉意袭来，那是深夜露水的浸润。美好的月光只能遥望，却不能满满地捧给远方的亲人，还是回去睡觉吧，在梦中与亲人再次相聚。

名家评析

这首诗是望月怀思的名篇，诗人望见明月，立刻想到远在天边的亲人，此时此刻正与我同望。有怀远之情的人，难免终夜相思，彻夜不眠。灭烛望月，清光满屋，更觉可爱；披衣出户，露水沾润，月华如练，益加陶醉。如此境地，忽然想到月光虽美却不能采撷以赠远方亲人，倒不如回到室内，寻个美梦，或可期得欢娱的约会。诗的意境幽静秀丽，情感真挚。诗人写景抒情并举，情景交融。此诗也成了千古佳作，万古流传。

阅读链接

唐玄宗开元二十一年（733年），张九龄任宰相，也是有名的贤相。开元二十四年，其因奸相李林甫的诽谤排挤罢相。《望月怀远》这首诗应写于同年张九龄遭贬荆州长史以后，同《感遇十二首》应作于同一时期。

临洞庭上张丞相

孟浩然

八月湖水平，涵虚①混太清②。
气蒸云梦泽③，波撼④岳阳城。
欲济无舟楫，端居⑤耻圣明⑥。
坐观垂钓者，徒有羡鱼情。

【注释】▶

①涵虚：形容湖水接纳天际，渺茫一片。②太清：天空。③云梦泽：古时有"云""梦"二泽，在今湖北南部、湖南北部的长江沿岸一带低洼地区，后大部分淤成陆地。今洞庭湖即为古云梦泽的一部分。④撼：摇动。⑤端居：闲居，指没有做官。⑥圣明：圣明的君主。

【译文】▶

八月的洞庭湖，湖水已经与岸齐平，看起来无边无际，大有吞并万里长天的气势。水汽朦胧，古老的云梦泽笼罩在其中，水波摇动，这种罕见的气势撼动了岳阳城。我一介书生，没有人供方便之舟过湖渡海，可是如果闲居端坐，会让圣明的君主蒙羞。现在我只能坐下来观看那些垂钓之人，只有羡慕他们的份，空有一腔抱负和热情。

名家评析

这是一首"干禄"诗。所谓"干禄"，即是向达官贵人呈献诗文，

___

🔎 千古名句

气蒸云梦泽，波撼岳阳城。

以求引荐录用。玄宗开元二十一年（733年），张九龄为丞相，诗人西游长安，以此诗献之，以求录用。诗前半泛写洞庭波澜壮阔，景色宏大，象征开元的清明政治。后半即景生情，抒发个人进身无路，闲居无聊的苦衷，表达了急于用世的决心。全诗颂对方，而不过分；乞录用，而不自贬，不亢不卑，十分得体。

阅读链接

　　岳阳，古称巴陵、岳州，是一座有着两千五百多年悠久历史的文化名城。位于江南洞庭湖之滨，依长江，纳三湘四水，江湖交汇，是一个资源丰富、风景优美的地方，不仅是沿江开放之前沿，东西南北交通之要道，而且是长江中游重要的区域中心城市和湖南第一门户城市。

过故人庄

孟浩然

故人具鸡黍，邀我至田家。
绿树村边合[1]，青山郭[2]外斜。
开轩[3]面场圃，把酒话桑麻[4]。
待到重阳日[5]，还来就菊花。

♀ 千古名句

绿树村边合，青山郭外斜。

【注释】▶

①合：围绕。②郭：本指外城，此指村寨。③轩：窗户。④桑麻：庄稼。
⑤重阳日：指九九重阳佳节。

【译文】▶

我的老朋友已经准备好了酒菜，邀请我去他的田园把酒言欢。碧绿的树木环绕着小村，村庄之外，青山绵延不断。打开窗子看着谷场和菜园，我们热烈地谈论着今年田里的作物长势如何。今天没有喝够，等到九月初九重阳节的时候，我定会再来与你喝酒赏菊花。

名家评析

这是一首田园诗，是孟诗的代表作品之一。全诗重点着墨在美丽的山村风光和恬淡的田园生活，用语简单易懂，自然流畅，生动形象地描绘出了农家恬静闲适的生活，表达了他和老朋友之间的深厚情谊。本诗的艺术造诣相当巧妙，没有过多地引经据典，就将意境刻画得清新自然，让人心生向往，所以，这首诗历来好评如潮，成为自唐代以来田园诗中的上乘之作。

阅读链接

这首诗是诗人孟浩然在鹿门山隐居时，去朋友家作客，面对美丽的田园风光，心情愉悦，心旷神怡，因此创作出这篇有名的田园诗。

辋川闲居赠裴秀才迪

王维

寒山转苍翠，秋水日潺湲。

倚杖柴门外，临风听暮蝉。

渡头余落日，墟里①上孤烟②。

复值接舆③醉，狂歌五柳前。

【注释】▶

①墟里：村落。②孤烟：炊烟。③接舆：这里指裴迪。

【译文】▶

寒山转变得格外郁郁苍苍，秋水日日舒缓地流向远方。我柱杖伫立在茅舍的门外，迎风细听着那暮蝉的吟唱。渡头那边太阳快要落山了，村子里的炊烟一缕缕飘拂。又碰到裴迪这个接舆酒醉，在恰如陶潜的我面前讴狂。

名家评析

这首诗主要描绘了辋川的迷人秋景，表达了诗人恬淡闲适的心情。本诗的首联和颈联写山水原野的深秋晚景，诗人选择富有季节和时间特征的景物：苍翠的寒山、缓缓的秋水、渡口的夕阳、墟里的炊烟，声色相宜，动静结合，美不胜收。颔联与尾联写诗人与裴迪的闲居之乐，

🔎 千古名句

渡头余落日，墟里上孤烟。

诗人将自己安逸的神态描绘得栩栩如生。全诗勾勒出一幅和谐幽静而又富有生机的田园山水画，历来成为山水诗歌的精品之作。

接舆：春秋时隐士陆通，字接舆，楚国人，曾狂歌避世。本诗指裴迪。

五柳：东晋末期南朝宋初期伟大的诗人、辞赋家、散文家陶渊明，字元亮，晚年又名潜，因其住宅旁有五株柳树而自号"五柳先生"，曾作《五柳先生传》。陶渊明是历史上第一位田园诗人，有"千古隐逸之宗"之称。此处王维自比陶渊明。

山居秋暝①

王维

空山新雨后，天气晚来秋。
明月松间照，清泉石上流。
竹喧归浣②女，莲动下渔舟。
随意春芳歇，王孙③自可留。

🔍千古名句

明月松间照，清泉石上流。

111

【注释】▶

①暝：傍晚。②浣：洗，洗衣。③王孙：作者自比。言秋色宜人，愿长此隐居林野。

【译文】▶

苍翠的山峦经过了一场风雨的洗礼，显得格外空寂，雨后的黄昏，一阵阵秋凉袭来。明月中天，月光洒在一片松林中间；清凉的泉水淌过山石，潺潺东流。竹林里，农家的女子洗衣完毕，相互逗笑着玩闹起来，也许看着时间不早啦，莲蓬抖动，扬起渔舟回去了。这美好的景色不会在乎春天花草是否消失，我正因为喜爱这里的美丽，所以会留驻在这里。

名家评析

文章前六句都是讲述了一幕幕山水人文的图画，生动而变换，丰富多彩。转到最后，诗歌从外物的描写归向内心，再次重申了诗人乐于归隐的情趣。诗人忘情于山水之乐，通过对山水的几笔恰到好处的描绘，表达了诗人对无忧无虑的田园生活的无限向往，对隐居生活的无限渴望之情。

阅读链接

王孙：《楚辞·招隐士》："王孙游兮不归，春草生兮萋萋。……王孙兮归来，山中兮不可久留。"原为招隐士出山之词。王维在此处反用其意，说任春芳消逝，而美好的秋色让王孙（王维自指）自可以留居于山中。

汉江临眺

王维

楚塞^①三湘^②接，荆门^③九派^④通。

江流天地外^⑤，山色有无中。

郡邑浮前浦，波澜动^⑥远空。

襄阳好风日，留醉与山翁^⑦。

【注释】▶

①楚塞：古楚国的边塞。②三湘：漓湘、潇湘、蒸湘的总称。③荆门：山名，位于今湖北省宜都西北。④九派：指长江的九大支流。⑤"江流"句：形容江河气势磅礴，放眼望去，就像流在天外一样。⑥动：撼动。⑦山翁：指晋人山简。

【译文】▶

汉水流经古楚要地，然后接连三湘流水；在荆门汇合九大支流，汇成江水联通东西。地阔江远，远远看去，汉水似乎流到天地之外；四周山峦也是山色朦胧，似有似无。这么壮阔的气势，好像将沿江的郡邑卷入到江面；水波动荡，波涛好像要冲上高空。而襄阳的风景，真的令人陶醉赞叹；因此我愿长留此地，与德高望重的山翁做个邻居。

名家评析

诗的首联先勾勒出汉江雄浑壮阔的气势，为诗句的意境铺展道路。

🔍 千古名句

江流天地外，山色有无中。

第一句写江水的气势，第二句就把荆门的气魄渲染起来，从而以山光水色作为画幅的远景。以山衬水，诗人虽然着墨极淡，但是所用比喻新奇、绝妙，令人叫绝。诗人写完山水，就会表达一下自己对于山水的喜爱，这里他说要"留醉与山翁"，就是要与山简共谋一醉，这也体现了诗人对襄阳风物的热爱之情。诗人融情于景，情景交融，充满了积极乐观的情绪。

阅读链接

　　山翁，即山简（253年－312年），字季伦，河内怀县（今河南武陟西南）人，山涛第五子。初为太子舍人。永嘉中，累迁至尚书左仆射，领吏部，疏广得才之路，不久出为镇南将军，镇襄阳。襄阳有一处园林，风景很好，山简于是常常跑到那里大醉而归。诗人要与山简共谋一醉，流露出诗人对襄阳风物的热爱之情。

使至塞上

王维

单车^①欲问边，属国^②过居延^③。
征蓬^④出汉塞，归雁入胡天。
大漠孤烟^⑤直，长河^⑥落日圆。
萧关逢候骑，都护在燕然。

🔍 千古名句
大漠孤烟直，长河落日圆。

【注释】▶

①单车：形容车辆很少。②属国：秦汉时的官名，唐代有时指使臣。③居延：古国名，在今甘肃张掖西北。④征蓬：随秋风摇动的蓬草。⑤孤烟：烽火和燧烟，古代边塞设烽火台，用来示警。⑥长河：指黄河。

【译文】▶

带着不多的随从，我奉命出使边塞，车队已经过了居延古城。我们就像那远飘的蓬草离开了中原，这时正是春天，大雁北飞。大沙漠中孤烟直冲云霄，黄河弯弯曲曲流淌着，落日正圆。走到萧关恰好遇见侦察兵，报告说统帅就在前线。

名家评析

这首诗是王维赴边途中，描绘塞外奇特的壮丽风光，画面阔大，意境雄浑。诗人对塞外风光的传神刻画，让读者领略到了塞外风光的奇特与壮美。"大漠孤烟直，长河落日圆"，笔力苍劲，落笔干脆而富有神韵，意境雄浑。这茫茫无边的沙漠，就用一个"大"字就能写出它的直观视觉冲击效果，而烽火台上一缕白烟，只有真正目睹之后才会有这样的视觉效果。"长河落日圆"，苍茫的沙漠，视野开阔，最引人注目的也就是东流而去的黄河和那一轮圆圆的落日，这里的"圆"字与上一句的"直"字，都用得逼真传神，不是大手笔，哪能写得这样传神和逼真！

阅读链接

《使至塞上》是唐代著名诗人王维于开元二十五年（737年）奉命赴边疆慰问将士途中所作的一首纪行诗，记述出使途中所见所感。

萧关，古代西北边地著名关隘。大约在今宁夏固原市。

燕然，古山名，即今蒙古国杭爱山。这里代指前线。《后汉书·窦宪传》："宪、秉遂登燕然山，去塞三千余里，刻石勒功，纪汉威德，令班固作铭。""萧关逢候骑，都护在燕然"两句意谓在途中遇到候骑，得知主帅破敌后尚在前线未归。

渡荆门送别

李白

渡远①荆门外，来从楚国游。
山随平野尽，江入大荒②流。
月下飞天镜，云生结海楼③。
仍怜④故乡水⑤，万里送行舟。

【注释】▶

①渡远：指乘船远行。②大荒：广阔无际的原野。③海楼：海市蜃楼。④怜：喜爱。⑤故乡水：指从四川流来的长江水。

【译文】▶

坐船离开荆门，我辞别了家乡四川来到楚地游历。高山消退荒野出现，长江流进了广阔无际的平原大川。水中的月亮像是飞下来的天镜，云朵层层幻化出海市蜃楼。我依然喜爱这来自故乡的水，不远万里继续护送我的行舟。

🔎 千古名句

山随平野尽，江入大荒流。

名家评析

　　此诗是作者仗剑出蜀、远渡荆门东游时所作。这首诗意境高远，形象雄美，想象奇特。"山随平野尽，江入大荒流"，写得逼真如画，"月下飞天镜，云生结海楼"给人感官世界无限的冲击，形象地表现出了船过荆门山后长江两岸风景的变化和壮丽多姿的景色，让整首诗就像一幅长江出峡渡荆门长轴山水图，成为脍炙人口的佳句。短短的八句诗，包涵长江中游长达数万里的山势与水流的景色，也反映了诗人的开阔胸怀和奋发进取的气魄。

阅读链接

　　荆门，即荆门山，在现在湖北宜都西北长江南岸，与北岸虎牙山对峙，形势险要，战国时楚国的门户。

　　这首诗是诗人于开元十四年（726年）辞亲远游，出蜀至荆门时赠别家乡而作。诗人李白自幼迁居蜀中，直至二十五岁远渡荆门，赴楚漫游，一向在四川生活，读书于戴天山上，游览峨眉，隐居青城，所以离开四川，让诗人心中生出无限依恋之情。为了实现自己的理想抱负，李白毅然出蜀东行，由水路乘船远行，经巴渝，出三峡，直向荆门山之外驶去。

送友人

李白

青山横北郭①，白水绕东城。
此地一为别②，孤蓬万里征。
浮云③游子意，落日故人情。
挥手自兹去④，萧萧⑤班马鸣。

【注释】▶

①郭：外城。②为别：作别。③浮云：浮云和游子一样，漂泊不定。④自兹去：从这里离开。⑤萧萧：马嘶鸣声。

【译文】▶

青山横亘在北城，还有一条清河环绕城东。我们在这里离别之后，你就会像孤飞的蓬草一样万里漂泊。浮云飘浮不定，就像你行无定踪的心绪，而落日的愁绪，亦如我的离愁。就此挥手作别吧，两匹马好像也读懂了这里的伤感，因为离别而萧萧长鸣。

名家评析

这首送别诗在环境刻画和气氛渲染上非常有特色，读者触景生情，能将诗人的愁绪读得更加透彻。颈联"浮云游子意，落日故人情"，不仅工整流畅，而且巧妙设喻，"浮云"和"游子意"、"落日"和"故人情"相互对照，象征着友人行踪不定以后音信难通，诗人对朋友依依惜别，不忍就此别离的心情。整首诗自然美与人情美相互交织在一起，节奏明快，感情真挚感人，同时豁达乐观，哀而不伤。

阅读链接

"萧萧班马鸣"一句化用《诗经·小雅·车攻》"萧萧马鸣"句。班：一作"斑"，分别；离别。嵌入"班"字，写出马犹不愿离群，何况人乎？衬出缠绵情谊，真是鬼斧神工。

赠孟浩然

李白

吾爱孟夫子，风流天下闻。
红颜①弃轩冕②，白首卧松云。
醉月③频中圣④，迷花不事君。
高山安可仰，徒此揖清芬⑤。

【注释】▶

①红颜：指年轻的时候。②轩冕：指官职。轩，车子；冕，高官戴的礼帽。③醉月：对月饮酒，常常喝醉。④中圣：中酒，就是喝醉的意思。⑤清芬：指美德。

【译文】▶

我敬重孟浩然先生的庄重潇洒，他为人高尚风流潇洒。青春时代鄙视功名不爱高车大马，就算是白首垂老也会甘于山林宁静摒弃尘杂。明月夜常常饮酒醉得非凡高雅，他不事君王迷恋花草胸怀豁达。高山似的品格怎么能仰望着他？只在此揖敬他芬芳的道德光华！

名家评析

本诗将抒情和描写相结合，一开始先表达了诗人对孟夫子的"吾爱"之意，自然地过渡到描写，揭示了孟浩然身上的高贵品质，最后将孟

🔍 千古名句
吾爱孟夫子，风流天下闻。

夫子身上这种不事权贵、超然物外的精神品质进行高度赞扬。感情自然流淌，表现出诗人真诚的赞叹。

阅读链接

中圣：指醉酒。典出《三国志·魏志·徐邈传》：尚书郎徐邈醉酒，有人来问事，他答道："中圣人。"曹操得知，大怒。度辽将军鲜于辅解释道："平日醉客谓酒清者为圣人，浊者为贤人。"

高山安可仰：此句语本《诗经·小雅·车舝》："高山仰止，景行行止。"用以比喻孟浩然品行之高洁。

破山寺后禅院

常建

清晨入古寺①，初日照高林。
曲径通幽处，禅房花木深。
山光悦鸟性，潭影空人心。
万籁此皆寂，唯闻钟磬②音。

【注释】▶

①古寺：指破山寺，在今江苏省常熟市虞山，南朝始建。②钟磬：寺院中诵经、斋供时敲打的响器。

🔍 千古名句
曲径通幽处，禅房花木深。

【译文】▶

清晨，我来到这座古老的寺院，阳光刚刚照进幽深的树林。小路曲曲折折，通向幽静的古寺，寺庙里禅房前花草非常茂盛。明亮的阳光唤醒鸟儿起来歌唱，潭水清澈，让人俗心消退。大自然的一切声响在此时全都停了下来，因为我耳边只有钟磬的声音回荡。

名家评析

这首诗描写的是诗人走进佛寺禅院后的感受，表达了自己忘却世俗、要寄情山水的隐逸胸怀。本诗语言朴素，自然流利，塑造的纯净怡悦的境界让人难以忘却。诗人这种想要隐身空门的心境，也反衬了自己对现实失望、无所依托的情怀。

阅读链接

常建，唐代诗人。生卒年、字号不详。传为长安（今陕西西安）人。开元十五年（727年）进士。天宝中年为盱眙尉，后隐居鄂渚的西山。常建一生沉沦失意，耿介自守，交游无显贵，与王昌龄有文字相酬。其诗意境清迥，语言洗练自然，艺术上有独特造诣。现存诗五十七首，题材较窄，绝大部分是描写田园风光、山林逸趣的。名作如《破山寺后禅院》、《吊王将军墓》等。

破山寺，在今江苏省常熟市虞山北岭下。南朝齐始兴五年邑人郴州刺史倪德光舍宅建，唐咸通九年（868年），赐额"破山兴福寺"。

旅夜书怀

杜甫

细草微风岸，危樯①独夜舟②。
星垂③平野阔，月涌④大江⑤流。
名岂⑥文章著，官应老病休。
飘飘何所似，天地一沙鸥。

【注释】▶

①危樯：高高的桅杆。②独夜舟：是说自己一个人孤零零在船上。
③星垂：星光从天上照了下来。④月涌：月亮在河水中的倒影，随水流涌。
⑤大江：指长江。⑥岂：表示反问的副词。

【译文】▶

微风吹拂着岸边的细草，夜里一个人驾着桅杆很高的小船在江上。
星光下，广阔的原野看起来更加宽阔，月影恍惚，看着大江滚滚东流。
我难道真的是因为文章而著名的吗？可是年老多病也就只好辞官养老了。
自己一生漂泊无依像什么呢？其实最像天地间的一只无所依傍的沙鸥。

名家评析

诗的前半描写"旅夜"的所见所感。前二句写近景：微风吹拂着江
岸上的细草，竖着高高桅杆的小船，一个人停在江边。这两句衬托出

🔍 千古名句

星垂平野阔，月涌大江流。

诗人的苍茫寂寞、沉郁无依的精神感受，后四句通过叙述自己的处境和抱负，诗人将内心的委屈、愤恨委婉地表达出来，字字是泪，声声哀叹，感人至深。全诗语言清丽，情感含蓄不尽，是诗人内心世界的真实反映。

阅读链接

《旅夜书怀》大概作于公元 765 年。当时诗人离开了四川成都草堂，又开始了一段漫长的旅途漂泊。公元 764 年春天，杜甫携家人回到成都，给好友严武做节度参谋，生活暂时安定下来。不料第二年严武忽然去世，失去了依靠的他不得不再次离开成都草堂，乘舟东下，在岷江、长江一带漂泊。这首诗也就是在杜甫乘舟行经渝州、忠州时写下的。这首诗深刻地表现了作者内心漂泊无依的感伤。

月夜忆舍弟

杜甫

戍鼓①断人行，秋边一雁声。
露从今夜白②，月是故乡明。
有弟皆分散，无家问死生。
寄书长不达③，况乃未休兵。

🔍 **千古名句**

露从今夜白，月是故乡明。

【注释】▶

①戍鼓：旧时军队所在地的击鼓声，用以报时或告警。②露从今夜白：这天是白露节。③"寄书"句：指兄弟们分散各地，所寄家书很多没有回音。

【译文】▶

戍楼上的战鼓敲响，百姓无法正常出行，荒凉的边塞，只有一只秋雁在鸣叫。记得今夜旧时白露节气，可还是故乡的月亮才可以称得上是明亮。有兄弟却都分散了，没有家无法探问生死。寄往洛阳城的家书常常不能送到，何况战乱频繁没有停止。

名家评析

第一句提到戍鼓、雁声，塑造了一片凄凉的景象，将荒凉不堪的边塞塑造得更加冷落沉寂。"露从今夜白，月是故乡明"，诗篇把思家和忧国相联系，诗人微妙的心理，以及此时对故乡的感怀都让人心绪难平。全诗层次井然，结构严谨。全诗感情基调凄楚哀感，沉郁顿挫。

阅读链接

这首诗是乾元二年（759年）秋杜甫在秦州所作。当时正值安史之乱时期，安禄山、史思明的叛军席卷中原，攻陷二京，山东、河南都处于战乱之中。当时，杜甫的几个弟弟正分散在这一带，可是战事阻隔，音信不通，而追随皇帝撤走的方向的杜甫身在关中，兄弟们的情况引起他强烈的忧虑和思念。颠沛流离中的诗人，看到山河破碎，思念不知生死的兄弟，更为国家而悲痛。

春 望

杜甫

国破山河在，城春草木深。
感时花溅泪①，恨别鸟惊心。
烽火连三月，家书抵万金②。
白头搔③更短④，浑欲不胜⑤簪⑥。

【注释】▶

①溅泪：既可以理解为诗人因伤感时看花落泪，也可认为是花儿为国事伤感落泪。②"家书"句：这句话说明战时收到家书非常不容易。③搔：抓头。④短：少。⑤不胜：承受不了。⑥簪：用来扎住头发的首饰。

【译文】▶

国都沦亡，但是山河依旧。时值春来，城内草木丛生。感伤时事，见花涕泪难禁。别离之情，就算是鸟鸣也会心惊胆战。烽火不休，一直到了阳春三月。家书难求，家中音讯难得。现在我是愁绪缠绕，白发愈抓愈少。头发稀少，连插簪都有些困难。

名家评析

长安被安史叛军焚掠一空，场景一片凄凉。杜甫眼看着山河依旧而国破家亡，春回大地竟是满城荒凉，为国悲泣、为亲心忧，不禁触景伤情，发出深重的忧伤和感慨。

🔎 千古名句

国破山河在，城春草木深。

一、二联将国都沦陷、城池残破、乱草遍地的景象介绍给读者，饱含感叹；三、四两联写心念亲人境况，充溢离情。全诗情景交融，感情深沉浓厚，而又含蓄凝练，具有诗人"沉郁顿挫"的独特艺术风格。

阅读链接

本诗的主要历史背景就是安史之乱。唐玄宗天宝十四载（755年），安禄山起兵反唐，攻下长安。唐玄宗带领妃妾皇子，与大臣们向西逃往灵武。期间太子李亨在灵武称帝，这就是唐肃宗。至德元载（756年）八月，杜甫从鄜州（现陕西富县）前往灵武（现属宁夏）投奔唐肃宗，不料途中却为叛军所俘，被掳至长安。这首诗作于次年三月。

春夜喜雨

杜甫

好雨知时节，当春乃发生①。
随风潜入夜，润物细无声。
野径云俱黑，江船火烛明。
晓看红湿处，花重锦官城。

【注释】▶

①发生：指春雨降临。

🔎 千古名句

随风潜入夜，润物细无声。

126

【译文】▶

好雨知道要下在什么时间合适，恰好在那植物生长的时候降临。喜雨伴着春风无声无息地在夜里下了起来，无声地滋养着万物生灵。夜深难辨小路，而江船灯火通明。等到黎明破晓的时候，整个锦官城必是花红春光一片大好。

名家评析

这是一首描绘春夜美好雨景，表现喜悦心情的名作。诗人的前两句早已成为被广泛引用的名句。诗人在开头就用一个"好"字赞美这场春"雨"，可见诗人内心对这场雨的衷心喜爱。诗人赞美了来得及时、能够滋润万物的春雨。将春雨的神态、情状描写得入化传神，为千古传诵的佳作。

阅读链接

这首诗写于上元二年（761年）春，此时诗人在好友的帮助下，因陕西旱灾来到四川成都定居已两年。他亲自耕作，种菜养花，融入当地百姓的生活中，所以对春雨之情很深。

锦官城，古代成都的别称，因三国蜀汉在成都置锦官，以集中织锦工匠，管理织锦而得名。历史上这里是蜀锦的主要产地与集散中心。到了唐宋时，因为成都的芙蓉繁花似锦，所以成都也称作锦城。

登岳阳楼

杜甫

昔闻洞庭水①，今上岳阳楼。
吴楚东南坼②，乾坤③日夜浮。
亲朋无一字④，老病⑤有孤舟。
戎马⑥关山北，凭轩涕泗流。

【注释】▶

①洞庭水：即洞庭湖，是我国第二淡水湖。②坼：划分。③乾坤：天地。
④无一字：没有一点音讯。字，这里指书信。⑤老病：年老多病。⑥戎马：
军马，借指军事、战争。这年秋冬，吐蕃又侵扰陇右、关中一带地区。

【译文】▶

曾经听说过洞庭湖的盛名，今天终于登上了岳阳楼看了一看。浩瀚
的大湖将吴楚分割成两个地方，天地日月星辰昼夜漂浮于湖面上。亲朋
好友们音信全无，我现在年老多病，只能乘孤舟四处漂流。听说北方边
关战事再起，我倚窗远望老泪纵横。

名家评析

此诗是诗人登岳阳楼而望故乡，触景感怀之作。开头写早闻洞庭盛
名，然而到暮年才实现目睹名湖的愿望，表面看有初登岳阳楼之喜悦，
其实意在抒发早年抱负至今未能实现之情。二联写洞庭的浩瀚无边。三

🔍千古名句

吴楚东南坼，乾坤日夜浮。

联写政治生活坎坷，漂泊天涯，怀才不遇的心情。末联写眼望国家动荡不安，自己报国无门的哀伤。写景虽只两句，却显技巧精湛，抒情虽黯淡落寞，却吞吐自然，毫不费力。

阅读链接

此诗作于唐代宗大历三年（768年），诗人时年五十七岁，是生命终结的前一年，当时诗人生活艰辛，年老多病。诗人出峡，漂泊至岳州（今属湖南），登上闻名遐迩的岳阳楼，极目眺望，对壮阔无垠、气魄宏大的洞庭湖发出由衷的赞赏；继而想到自己晚年孤苦无依，国家动荡不安，又不免感慨万千，于是写下了《登岳阳楼》这首千古名篇。

赋得古原草送别①

白居易

离离②原上草，一岁一枯荣。
野火烧不尽，春风吹又生。
远芳侵古道，晴翠接荒城。
又送王孙③去，萋萋④满别情。

【注释】▶

①诗题又名《草》。②离离：茂盛的样子。③王孙：本指贵族子弟，此指诗人要送别的人。④萋萋：草长得茂盛的样子。

🔎 千古名句
野火烧不尽，春风吹又生。

【译文】▶

旷野上的野草茂盛稠密，每年繁盛枯萎都很有规律。野火如何烧都不死不灭，春风一来立刻蓬勃繁茂起来。远远望去芳草吞没了古老驿道，旧城破落与草地的翠绿相映成趣。又要送游子离乡远去，满腹离伤就像萋萋乱草一样肆意蔓延。

名家评析

这首诗是白居易年少时的成名之作。诗中野草生生不已，岁岁枯荣，象征着生命之律动过程，诗人把它放在熊熊的烈火中去焚烧，而在毁灭与永生的壮烈对比中，表明其生命力何等顽强。诗人借助赋草和送别的情景联系，巧妙搭配，同时还以万物生生不息的哲理嵌入诗中，显得非常耐人寻味。

阅读链接

《赋得古原草送别》作于唐德宗贞元三年（787年），诗人白居易当时约十六岁。

而后世文人笔记中记载，白居易从江南到长安，带了诗文谒见当时的大名士顾况，想求他把自己引荐给京城名流。顾况看到白居易年纪轻轻，就拿他的名字开玩笑说："长安米贵，居大不易（京城里粮价高得很，住下很不方便吧）。"等读到"野火烧不尽，春风吹又生"这一联时，顾况大为惊奇，连声赞赏说："有才如此，居亦何难！"由此可见此诗艺术造诣之高。

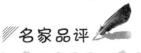

名家品评

　　五言律诗每句五个字，全诗共八句，有仄起、平起两种基本形式，中间两联的上下句要求对仗。五律初定型于初唐，在盛唐达到最高成就，而王维、李白、杜甫最具代表性。杜甫严谨刻苦，所作五律意境高深；李白生性浪漫，所作五律韵味天成；王维晚年笃佛，所作五律禅意韵然。当然，其他的五律名家也各有各的风格，各有各的特色，为我们留下了无数华美诗篇。

阅读思考

1.五言律诗有什么特点？

2."坐观垂钓者，徒有羡鱼情"有何深意？

3.王维的诗有什么特点？举例说明。

七言律诗

七言律诗简称七律，是近体诗的一种，格律要求与五律相同。七律源于七言古体，在初唐时期渐成规模，至杜甫臻至炉火纯青。有唐一代，七律圣手有王维、杜甫、李商隐、杜牧、罗隐等，风华绝代，辉映古今。想知道这其中有哪些传唱不朽的佳作吗？"唐人七言律诗，当以此为第一"的七言律诗又是哪一首呢？让我们一起去下面寻找答案吧。

黄鹤楼①

崔颢

昔人已乘黄鹤去，此地空余黄鹤楼。
黄鹤一去不复返，白云千载空悠悠。
晴川历历②汉阳树，芳草萋萋③鹦鹉洲。
日暮乡关④何处是？烟波江上使人愁。

🔍 千古名句

日暮乡关何处是？烟波江上使人愁。

【注释】▶

①黄鹤楼：江南名楼，在湖北武昌。②历历：清晰可数。③萋萋：茂密的样子。④乡关：家乡。

【译文】▶

传说中的仙人早就坐着黄鹤飞走了，这地方只留下这座黄鹤楼。黄鹤飞去不会再回来，千百年来只有白云依然悠闲舒展。晴天的时候，隔江遥望，平原上树木清晰可辨，鹦鹉洲的芳草依旧茂盛青葱。日薄西山，不知何处才是我家乡？看着这浩瀚的大江让人愁心万丈！

名家评析

诗的前半部诗歌以神话传说开头，巧妙自然，增添了一丝神秘色彩，也表现了诗人怅然若失的感情。后半部写登楼所见、所感，全诗一气贯注，格调优美，是吊古怀乡的佳作。诗人登临古迹即景生情，语言自然，气势流畅，好像信手而就一样，却被历代所推崇。

阅读链接

崔颢（？－754年），唐朝汴州（治今河南开封）人。唐玄宗开元年间进士。他秉性耿直，才思敏捷，其作品激昂豪放，气势宏伟，著有《崔颢集》。

黄鹤楼，位于湖北省武汉市。江南三大名楼之一，素有"天下江山第一楼"之美誉。黄鹤楼地理位置险要，西邻巴山群峰，南接潇湘云水，俯瞰浩荡长江。因地处江汉平原东缘，龟蛇两山相夹，江上舟楫如织，景象壮丽多姿。

传说李白登此楼，目睹此诗，大为折服，说："眼前有景道不得，崔颢题诗在上头。"严沧浪也说："唐人七言律诗，当以此为第一。"

登金陵凤凰台

李白

凤凰台^①上凤凰游，凤去台空江自流。
吴宫^②花草^③埋幽径，晋代衣冠^④成古丘^⑤。
三山^⑥半落青天外，二水中分白鹭洲。
总为浮云能蔽日^⑦，长安^⑧不见使人愁。

【注释】▶

①凤凰台：在今南京市凤凰山。②吴宫：三国时吴国的宫殿。③花草：宫殿里的奇花异草。④衣冠：指名声显赫的豪门大族。⑤古丘：古坟。⑥三山：亦为地点，旧说在金陵西南的江边。据陆游的《入蜀记》载："三山自石头及凤凰台望之，杳杳有无中耳，及过其下，则距金陵才五十余里。"⑦浮云、蔽日：比喻奸臣蒙蔽君主。⑧长安：用国都指代皇帝，长安是唐朝的都城。

【译文】▶

传说凤凰台上曾经有凤凰来过这里，现在凤凰飞走了，只留下一座空台和一江东流水。无论是当年华美的宫殿还是权倾一时的达官显贵们，都已经被历史的烟尘湮灭。只有风景还在，远处的几座山挺拔耸立在青天之外，白鹭洲将秦淮河一分为二。抬头看见浮云随风飘荡，甚至把太阳遮住，因为看不见长安城，所以更加让人忧愁。

🔎 千古名句

总为浮云能蔽日，长安不见使人愁。

名家评析

这首诗是一首怀古诗，诗人将文物古迹、历史典故和自己的独特感受、历史观点等交织在一起，表达诗人吊古伤今、忧国忧民的情怀。

李白首先将凤凰台的景象和金陵古城的破败介绍了一下，六朝繁华，一去不返。继而又将深邃的目光投向大自然的景观中，最后笔锋一转，感叹自己的报国无门，情景交融，吊古伤今，让人久久不能释怀。

阅读链接

李白被称为"谪仙"，向来才思敏捷，出口成章。据《苕溪渔隐丛话》载，李白来到黄鹤楼，为眼前胜景所陶醉，正欲提笔，忽见崔颢诗作在上，阅读后长叹道："眼前有景道不得，崔颢题诗在上头"。但是李白不罢休，竟然还有让自己不敢下笔的地方，实在是心有不甘。后来他"至金陵，乃作凤凰台诗以拟之"欲与崔颢一较高低。其风格意境相似之，而艺术境界也的确难分高下。

蜀　相

杜甫

丞相祠堂何处寻？锦官城外柏森森。

映阶碧草自春色，隔叶黄鹂空好音。

三顾①频烦天下计，两朝②开济③老臣心。

出师未捷身先死，长使英雄泪满襟！

🔍千古名句

出师未捷身先死，长使英雄泪满襟！

【注释】▶

①三顾：刘备三顾茅庐请诸葛亮出山。②两朝：蜀汉两代君主先主刘备和后主刘禅。③开济：开创基业，守护江山。

【译文】▶

在哪里能找到武侯诸葛亮的祠堂？就在成都城外那柏树茂密的地方。碧绿的青草照映着台阶，藏在树上的黄鹂不知为何声音还要这么婉转。三顾茅庐终于请动先生出山，辅佐两朝开国与继业，让一位忠心老臣操碎了心。只是可惜出师没有成功而病亡军中，常常使历代英雄们想起来就泪流不止！

名家评析

诗的前四句通过写祠堂的景色，在描写中对千古名臣诸葛亮的仰慕之情溢于言表。诗的后四句是对诸葛亮进行评论，诗人盛赞诸葛亮的丰功伟绩，并为他未能施展抱负完成统一大业的毕生心愿而感到遗憾。诗歌的最后两句是全诗的点睛之笔，一语道出千古失意英雄的心中话语，与自己的遭遇暗合。

阅读链接

出师：出兵伐魏。建兴十二年（234年），诸葛亮兴师伐魏，出斜谷据五丈原，与魏司马懿相拒百余日。八月，病死军中。

闻官军收河南河北

杜甫

剑外①忽传收蓟北②，初闻涕泪满衣裳。

却看妻子愁何在？漫卷③诗书喜欲狂。

白日放歌须纵酒，青春④作伴好还乡。

即从巴峡⑤穿巫峡⑥，便下襄阳⑦向洛阳。

【注释】▶

①剑外：剑门关以外，这里指四川。当时杜甫流落在四川。②蓟北：泛指唐代幽州、蓟州一带，今河北北部地区，是安史叛军的根据地。③漫卷：随手卷起，古代诗文皆写在卷子上。④青春：明媚春色。⑤巴峡：四川东北部巴江中之峡。⑥巫峡：在今四川巫山县东，长江三峡之一。⑦襄阳：今属湖北。

【译文】▶

在剑南忽然听说收复蓟北的消息，初听到悲喜交集，涕泪沾满了衣裳。回头看看妻子儿女，忧愁不知去向，胡乱收卷诗书，我高兴得快要发狂！白天我一定要开怀痛饮，放声纵情歌唱，明媚春光和我做伴，我好启程还乡。仿佛觉得，我已从巴峡穿过了巫峡，很快便到了襄阳，旋即又奔向洛阳。

🔍 千古名句

白日放歌须纵酒，青春作伴好还乡。

名家评析

　　这是一首叙事抒情诗，唐代宗广德元年（763 年），延续七年多的安史之乱终于结束了，诗人听闻蓟北光复，喜极而泣，这种激动是人所共有的。诗人心中的狂喜没有半点掩饰，情真意切，皆是发自真心。读了这首诗，我们可以想象诗人当时对着妻儿兴奋讲述捷报，手舞足蹈，惊喜欲狂的神态。因此，历代诗论家都极为推崇这首诗，对这首诗的评价非常高。

阅读链接

　　《闻官军收河南河北》作于广德元年（763 年）春，杜甫五十四岁。宝应元年（762 年）冬，唐军顺利地收复了洛阳和郑州、开封等地，叛军头领薛嵩、张忠志等纷纷投降。第二年，史思明的儿子史朝义兵败自缢，其余叛将相继投降，这就象征着持续七年多的"安史之乱"终于结束。举国上下一片欢腾，当时正流寓梓州的杜甫听到这个消息兴奋不已，以饱含激情的笔墨，写下了这篇脍炙人口的名作。

咏怀古迹·其三

杜甫

群山万壑赴荆门，生长明妃①尚有村②。
一去紫台③连朔漠④，独留青冢向黄昏。
画图省识春风面⑤，环佩空归月夜魂⑥。
千载琵琶作胡语，分明怨恨曲中论⑦。

【注释】▶

①明妃：即王昭君，汉元帝宫人，晋时因避司马昭讳改称明君，后人又称明妃。昭君村在归州（今湖北秭归县）东北四十里，与夔州相近。②尚有村：还留下生长她的村庄，即古迹之意。③紫台：汉宫。④朔漠：北方沙漠，指匈奴所居之地。⑤"画图"句：意谓元帝对着画图岂能看清她的美丽容颜。⑥"环佩"句：意谓昭君既死在匈奴不得归，只有她的魂能月夜归来，故曰"空归"。⑦相传王昭君在匈奴曾作怨思之歌，后人名为《昭君怨》。作胡语：琵琶为西域胡人乐器，所奏皆为胡音。曲中论：曲中的怨诉。

【译文】▶

千山万壑逶迤不绝奔赴荆门，此地还保存着王昭君生长的山村。一别汉宫她嫁到北方的荒漠，这里只留下青冢一座面向着黄昏。凭看画图汉元帝怎么能看清月貌花容，昭君佩戴玉饰徒然月夜归魂。千载流传她作的胡音琵琶曲，曲中倾诉的分明是满腔悲愤。

名家评析

这是杜甫经过昭君村时所作的咏史诗。诗人吊古伤今，想到昭君生于名邦，却在塞外了却一生，去国之怨，难以言表。诗人一边同情昭君，一边感慨自身。将自己的怨恨和昭君的怨恨连为一体，让诗歌的意境更为高远。

阅读链接

王昭君是我国古代四大美女之一。她天生丽质，聪慧异常，擅弹琵琶，琴棋书画，无所不精，被选进宫后，因自恃貌美，不肯贿赂画师毛延寿，所以长久难见皇帝。公元前33年，北方匈奴首领呼韩邪单于主动来汉朝，对汉称臣，并请求和亲。汉元帝尽召后宫妃嫔，昭君自请入胡。元帝见到她后大惊，不知后宫竟有如此美貌之人。王昭君肩负着汉匈和亲之重任，受到匈奴人民的盛大欢迎，并被封为"宁胡阏氏"。昭君出塞后，汉匈两族团结和睦，国泰民安，"边城晏闭，牛马布野，三世无犬吠之警，黎庶忘干戈之役"，展现出欣欣向荣的和平景象。

钱塘湖春行①

白居易

孤山寺①北贾亭②西③，水面初平云脚④低。

几处早莺争暖树，谁家新燕⑤啄春泥。

乱花渐欲迷人眼，浅草才能⑥没马蹄。

最爱湖东行不足⑦，绿杨阴里白沙堤。

【注释】▶

①这诗是长庆二年白居易任杭州刺史时所作。②孤山寺：在西湖中后湖与外湖之间就是孤山，山上有一座孤山寺。③贾亭：又名贾公亭。④云脚：指雨前或雨后水面上浮动的云气。⑤新燕：刚从南方回来的燕子。⑥才能：刚刚能够。⑦行不足：言流连忘返，游兴未阑。

🔍 千古名句

乱花渐欲迷人眼，浅草才能没马蹄。

【译文】▶

从孤山寺的北面一直到贾亭的西边，湖水与河堤平行，云气不散，笼罩湖面。几只早起的黄莺争着飞到向阳暖枝，刚从南方回来的燕子忙着衔泥筑巢。春花繁盛，渐渐让人眼花缭乱，春草初发，刚刚才能遮没马蹄。我最喜爱西湖东边的美景，还有那绿杨浓荫下的白沙堤也是一个好风景。

名家评析

这首诗紧扣诗题。环境描写和景物选择都很有特点，把刚刚入春的西湖，描绘得生机勃勃，给人一种万象更新的感觉，诗人以"春"字为着眼点，写出了早春美景给游人带来的喜悦之情。景中有人，人在景中，而且富有新意，景色如画，让人陶醉其中。

阅读链接

元和十五年（820年），唐宪宗暴死在长安，唐穆宗继位。穆宗爱其才，把诗人召回了长安，但当时朝中很乱，各个势力争权夺利，明争暗斗；穆宗政治荒怠，不听劝谏。所以他极力请求外放，穆宗长庆二年（822年）出任杭州刺史。白居易经历了长时间的宦海沉浮，现在心境非常恬淡释然，这首《钱塘湖春行》大概写于这个时期。

白沙堤，即今白堤，全长一千米，东起断桥，经锦带桥而止于平湖秋月。白堤横亘湖上，把西湖划分为外湖和里湖，并将孤山和北山连接在一起。白堤在宋代又叫孤山路。

放 言①

白居易

赠君一法决狐疑②，不用钻龟③与祝蓍。
试玉要烧三日满④，辨材须待七年期⑤。
周公⑥恐惧流言日，王莽⑦谦恭未篡时。
向使⑧当初⑨身便死，一生真伪复谁知？

【注释】▶

①放言：即随意谈论，无所拘束之意。原诗有五首，这是第三首。②决狐疑：解决疑难。③钻龟：古代一种占卜方法。④"试玉"句：诗人原注"真玉烧三日不热"。⑤"辨材"句：作者原注"豫章木生七年而后知"，这是说豫和章这两种树木起初很相似，等到长到七年才能分辨。⑥周公：周武王之弟，成王的叔叔。武王死后，成王因为年幼所以周公执政，国内有人散播流言，说周公想篡位。⑦王莽：西汉末年的外戚，曾篡国改国号为"新"。篡位前礼贤下士，待人恭敬有礼。⑧向使：假如。⑨初：一作"时"。

【译文】▶

我可以送给你一种解疑的办法，不用以前的巫术就能知道真假。要知道辨玉真假要烧三天，辨别豫章木材还要等七年之后。周公也有害怕流言的日子，王莽篡位之前待人接物何等谦逊有礼。如果他们当初就真的一死了之，这一辈子的真假恐怕没人能知道了。

🔎 千古名句

试玉要烧三日满，辨材须待七年期。

名家评析

这首哲理诗是作者遭受谗言、被贬江州司马时在赴任途中所作。诗人一开始就说要赠给友人一个解疑的方法，诗人的方法很简单，要知道事物的真伪优劣只要让时间去考验就能见分晓。诗人借此也表达了自己不愿屈服、坚持奋斗的精神。

阅读链接

元和五年，即公元 810 年，白居易的好友元稹因得罪了朝中权贵，被贬为江陵士曹参军。元稹在江陵期间，写了五首《放言》诗来抒发心志，表达自己的志向——"死是老闲生也得，拟将何事奈吾何。"过了五年，白居易被贬为江州司马。元稹在病榻上闻讯后写下了充满深情的诗篇《闻乐天授江州司马》。白居易在贬官途中，颠沛辛苦，风吹浪激，感慨万千，也写下五首《放言》诗，与好友元稹远远相和。此诗为第三首。

长沙过贾谊宅

刘长卿

三年谪宦①此栖迟②，万古惟留楚客③悲。
秋草独寻人去后，寒林空见日斜时。
汉文有道恩犹薄④，湘水无情吊岂知⑤。
寂寂江山摇落处，怜君何事到天涯。

🔍 千古名句

秋草独寻人去后，寒林空见日斜时。

【注释】▶

①谪宦：官吏被贬职流放。②栖迟：居留。③楚客：指贾谊，也包括自己和别的游人。长沙古属楚国境。④"汉文"句：汉文帝开启汉朝"文景之治"，但他始终不能重用贾谊，最后又命贾谊为梁怀王太傅，梁王坠马死，贾谊因此也抑郁而死。⑤"湘水"句：贾谊往长沙，渡湘水时，曾作赋以吊屈原。

【译文】▶

在长沙被贬谪了三年，千秋万代；您留给了楚地游客无穷的哀怨。野草蔓生，故地难找贾太傅当年的踪迹；夕晖斜照的树林，只见秋色寒烟。汉文帝号称明君，还这么寡恩屈才；湘江水悠悠无情，怎理解凭吊情怀！草木凋残，江山寂寞；叹息公当年为何流落天涯？

名家评析

此诗是作者被贬潘州的路上经过长沙时所作。全诗慨叹贾谊的遭遇，同情贾谊，实际也是暗喻自身遭遇贬谪，以此表达自己的忧愤。首联点题，讲述了贾谊在长沙的被贬生活，颔联写古宅萧条冷落的景色，一派黯然景象。颈联写当年贾谊作赋，凭吊屈原，隐约联系自己而今凭吊贾谊。尾联抒发自己放逐天涯的哀婉叹喟。全诗语言含蓄蕴藉，感情幽怨含恨，评议有序，抒情含蓄而深沉。

阅读链接

这篇堪称唐诗精品的七律，与诗人的迁谪生涯有关。第一次迁谪在唐肃宗至德三年（758年）春天，由苏州长洲县尉被贬为潘州南巴县尉；第二次在唐代宗大历八年（773年）至大历十二年（777年）间的一个深秋，因被诬陷，由淮西鄂岳转运留后被贬为睦州司马。当诗人第二次迁谪来到长沙的时候，正是秋冬之交，清冷的环境下容易让人心生感伤，诗人只身来到长沙贾谊的故居，凭吊古人遗迹。

登柳州城楼寄漳汀封连四州刺史

柳宗元

城上高楼接大荒①，海天愁思正茫茫。
惊风②乱飐③芙蓉④水，密雨斜侵薜荔⑤墙。
岭树重遮千里目，江流曲似九回肠。
共来百越⑥文身地，犹自音书滞一乡。

【注释】▶

①大荒：旷远的广野。②惊风：狂风。③飐：吹动。④芙蓉：指荷花。⑤薜荔：一种蔓生植物。⑥百越：指当时五岭以南各少数民族地区。

【译文】▶

柳州城上的高楼与旷野荒原相连，我们的愁绪像茫茫的海天一样宽广。阵阵狂风吹乱了水上的荷花，天上雨点密集斜打着爬满薜荔的土墙。岭上树木万里重叠遮住了远望的视线，柳江曲曲折折就像百结九转的愁肠。咱五人同时遭贬到百越文身之地，而今依然音书不通，各自滞留一方。

🔍 千古名句

岭树重遮千里目，江流曲似九回肠。

145

名家评析

柳宗元与韩泰、韩晔、陈谦、刘禹锡参加王叔文领导的永贞革新运动失败后两度遭贬。这首诗就是在这样的情况下完成的。他们的际遇相同，多年时间建立了真挚的友谊，即使天各一方，依然彼此关心。诗的首联先写柳州，再总写四人分处之地都是边荒。颔联写夏日柳州景物，写景，报告当地气候。颈联写远景，写相望之勤，相思之苦，融情入景。尾联写五人遭际，天各一方，音书久滞。这首抒情诗，赋中有比，象中含兴，情景交融，楚楚动人。

阅读链接

公元805年，唐德宗李适(kuò)死，太子李诵(顺宗)即位，改元永贞，重用王叔文、柳宗元等革新派人物，但由于保守势力的反扑，仅五个月，"永贞革新"就遭到残酷镇压。王叔文、王伾被贬斥而死，革新派的主要成员柳宗元、刘禹锡等八人分别谪降为外州司马。这就是历史上所说的"二王八司马"事件。直到唐宪宗元和十年（815年）年初，柳宗元与韩泰、韩晔、陈谏、刘禹锡等五人才奉诏进京。但当他们赶到长安时，朝廷又改变主意，竟把他们分别贬到更荒远的柳州、漳州、汀州、封州和连州为刺史。这首七律，就是柳宗元初到柳州之时所作。

锦　瑟

李商隐

锦瑟无端①五十弦，一弦一柱思华年。
庄生②晓梦迷蝴蝶③，望帝④春心托杜鹃。

沧海月明珠有泪⑤，蓝田⑥日暖玉生烟。
此情可待成追忆，只是当时已惘然⑦。

【注释】▶

①无端：没有来由。②庄生：庄子。③迷蝴蝶：庄子做梦自己变成了蝴蝶，醒后弄不清是自己变成蝴蝶，还是蝴蝶变成自己。④望帝：杜宇，古代蜀国君主，死后化为杜鹃鸟。⑤珠有泪：典出古有鲛人落泪成珠的传说。⑥蓝田：陕西著名的产玉地。⑦惘然：迷惑不清。

【译文】▶

锦瑟有五十条弦的说法，也不知道是什么来由，不管怎样它的一弦一柱都足以灌注对美好年华的思念。庄周知晓自己在梦中向往自由自在的蝴蝶，望帝原本美好的心灵和作为却能感化杜鹃。海水中明月的倒影像是眼泪凝聚成的珍珠，而只有蓝田的日光才能生成质美迷人的良玉。这种对美好事物的追思只能留在回忆之中了，可惜当时的人们看待那些事过于平淡，不懂得去珍惜。

名家评析

这首诗语言含蓄而诗意浓厚，但是关于诗歌的主旨却历来素有分歧，或说是悼亡的，或说是赠佳人的，或说是自伤身世的，或说是讽喻政治的，或说是诠释音乐的，莫衷一是。因此诗写得扑朔迷离，诸说都没有有力的证据可以凭借。诗歌在艺术表现上兴中有比，比喻中经常暗含象征意味，意境凄婉怅惘，令人感动。

🔎 千古名句

此情可待成追忆，只是当时已惘然。

阅读链接

庄生：庄周。此句典出《庄子·齐物论》："不知周之梦蝴蝶欤，蝴蝶之梦为周欤？"庄子做梦自己变成了蝴蝶，醒后弄不清是自己变成蝴蝶，还是蝴蝶变成自己。此处以庄周梦蝶、不辨物我之典来传达一种如梦如幻，令人迷惘的心境。

望帝：蜀帝杜宇，号望帝。此句典出《华阳国志》《蜀王本纪》。据说望帝死后化为杜鹃，暮春啼鸣直至口中流血，其声凄苦哀怨。此处用以表现一种华年已逝的哀婉之情。

无　题

李商隐

昨夜星辰昨夜风，画楼西畔桂堂①东。
身无彩凤双飞翼，心有灵犀②一点通。
隔座送钩③春酒暖，分曹④射覆⑤蜡灯红。
嗟余听鼓⑥应官⑦去，走马兰台⑧类转蓬。

【注释】▶

①画楼、桂堂：都是比喻富贵人家的屋舍。②灵犀：旧说犀牛有神异，角中有白纹如线，直通两头。③送钩：也称藏钩。古代腊日的一种游戏，分二曹以较胜负。把钩互相传送后，藏于一人手中，令人猜。④分曹：

🔎 千古名句
身无彩凤双飞翼，心有灵犀一点通。

分组。⑤射覆：在覆器下放着东西令人猜。分曹、射覆未必是实指，只是借喻宴会时的热闹。⑥鼓：指更鼓。⑦应官：犹上班。⑧兰台：即秘书省，掌管图书秘籍。李商隐曾任秘书省正字。这句从字面看，是参加宴会后，随即骑马到兰台，类似蓬草之飞转，实则也隐含自伤飘零意。

【译文】▶

昨夜星光璀璨凉风习习，我们在画楼西畔、桂堂之东摆设酒宴。也许不是生有双翼的彩凤，不能比翼齐飞，但是我们却像心有灵犀一样，感情息息相通。互相猜钩嬉戏，隔座对饮春酒暖心，分组来行酒令，决一胜负烛光泛红。终于听到五更鼓不得已上朝点卯，策马赶到兰台，感觉自己就是随风飘转的蓬蒿。

名家评析

这些"无题"诗，历来有不同看法：有人认为是政治寓言，有人认为是感伤世事。此诗是追忆所遇见的艳情场景。先写宴会时地；接着写形体相隔，人情相通；再写相遇的情意绵绵；最后写别后离恨。情意真挚细腻。

阅读链接

所谓"无题"诗，历来有不同看法。就李商隐的"无题"诗来看，都是没有缘由，没有时间、地点、主人公，似乎都是描写爱情的，但实有所指，只是不便说出而已。我们在品读这类诗歌时，不妨充分发挥自己的想象力，通过自己的感受去理解其诗意，享受其魅力。

无　题

李商隐

相见时难别亦难，东风无力百花残①。
春蚕到死丝②方尽，蜡炬成灰泪始干。
晓镜但愁云鬓改，夜吟应觉③月光寒④。
蓬山⑤此去无多路，青鸟⑥殷勤为探看。

【注释】▶

①"东风"句：指相别时为暮春时节。②丝：与"思"谐音。③应觉：此处是设想。④月光寒：指夜渐深。⑤蓬山：蓬莱山，指仙境。⑥青鸟：西王母的神禽。据《汉武故事》记载，西王母见汉武帝时，先有青鸟临殿前报信。后人常以青鸟为信使。

【译文】▶

相见已经这么不易，离别时更是难舍难分，暮春作别，恰似东风力尽百花凋残。春蚕至死，它才把所有的丝吐尽，红烛甘心付出，一直到燃尽成灰后热泪方才干涸。清晨对镜梳妆，唯恐如云双鬓改色，夜深时对月自吟，该会觉得太过凄惨。蓬山仙境与这里应该没有多少路程，殷勤的青鸟信使，多劳您为我探看。

🔎 千古名句

春蚕到死丝方尽，蜡炬成灰泪始干。

名家评析

从诗意来看，这应该是一首表示两情相悦、至死不渝的爱情诗。起句两个"难"字，点出了相见艰难而别离更难之情，感情绵邈，语言平实而气势非凡，落笔神韵充足。颔联以春蚕绛蜡作比，十分精彩，既缠绵沉痛，又坚贞不渝。接着颈联写晓妆对镜，抚鬓自伤，是自计；良夜不眠苦吟，月光披寒，相劝自我珍重，善加护惜，却又苦情密意，体贴入微，感情千回百转，情意绵绵。最终末联写希望信使频传佳音，语言委婉，含情脉脉，让人有眼前一亮的感觉。

阅读链接

李商隐的无题诗像迷一样扑朔迷离，但是大都认为这些诗歌虽名为无题，却意有所指。除了以上两篇无题诗，还有很多名篇，就不在此一一作解，读者不妨自己来品读其中的意蕴。

无　题

来是空言去绝踪，月斜楼上五更钟。
梦为远别啼难唤，书被催成墨未浓。
蜡照半笼金翡翠，麝熏微度绣芙蓉。
刘郎已恨蓬山远，更隔蓬山一万重。

无　题

飒飒东风细雨来，芙蓉塘外有轻雷。
金蟾啮锁烧香入，玉虎牵丝汲井回。
贾氏窥帘韩掾少，宓妃留枕魏王才。
春心莫共花争发，一寸相思一寸灰。

利州南渡

温庭筠

澹然①空水带斜晖，曲岛苍茫接翠微②。
波上马嘶看棹去③，柳边人歇待船归。
数丛沙草群鸥散④，万顷江田一鹭飞。
谁解乘舟寻范蠡⑤，五湖烟水独忘机。

【注释】▶

①澹（dàn）然：水波动貌。②翠微：指青翠的山气。③"波上"句：指未渡的人，眼看着马鸣舟中，随波而去。波上，一作"坡上"。棹，桨，也指船。④"数丛"句：指船过草丛，惊散群鸥。⑤范蠡：春秋楚人，曾助越灭吴，为上将军。后辞官乘舟而去，泛于五湖。

【译文】▶

渡口的波光与斜晖落照相互对望，苍茫的岛屿远接青翠山峦。江面上人马嘶鸣，船桨划动。柳边人歇，等待着船儿回返。刚刚栖息沙滩草丛中的群鸥被惊飞，一只白鹭在万顷水田的上空盘旋。有谁能理解我驾船去寻范蠡的意义，也许这五湖烟水能让人忘却俗世心机。

名家评析

温庭筠的这首诗写日暮渡江的情景，表达自己想要步范蠡后尘，忘却俗念、功成引退的追求，要去过与世无争的生活，而这也是诗人宦途失意落寞心情的曲折反映。诗的起句写渡口和时间，接着写江岸和江中景色，情景交融，点出题意，层次井然，色彩明朗，寓慨深沉。

阅读链接

温庭筠（？-866年），本名岐，字飞卿，太原（今山西太原市西南）人。文思敏捷，精通音律。每入试，押官韵，八叉手而成八韵，时号"温八叉"。仕途不得意，官止国子监助教。诗辞藻华丽，少数作品对时政有所反映。其诗与李商隐齐名，并称"温李"。亦作词，是"花间派"鼻祖，对五代以后词的发展起了相当大的引导作用。

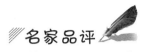

名家品评

　　七言律诗每首八句，每句七字，共五十六字。七言律诗的特点大体上跟五言律诗相同，也是分为首联、颔联、颈联、尾联四联，且颔联和颈联必须对仗，偶数句要押韵。七言律诗在唐代发展到了鼎盛，但由于它有严格的格律的限制，容易使诗的内容受到束缚。我们现在在灵活变通的基础上，要将中华民族的灿烂文化继续发扬光大！

阅读思考 ·········

　　1.崔颢的《黄鹤楼》与李白的《登金陵凤凰台》有什么共同点？两者分别有何特点？

　　2.《蜀相》描写的是哪位名人？表达了诗人怎样的情感？

　　3.李商隐的无题诗有何特点？

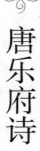

唐乐府诗

乐府最初始于秦代，到汉时沿用了秦时的名称。根据《汉书·礼乐志》记载，汉武帝时，设有采集各地歌谣和整理、制订乐谱的机构，名叫"乐府"。后来，人们就把这一机构收集并制谱的诗歌，称为乐府诗，或者简称乐府。到了唐代，这些诗歌的乐谱虽然早已失传，但这种形式却相沿下来，成为一种没有严格格律、近于五七言古体诗的诗歌体裁。那么，唐代乐府奏出了哪些绝响呢？让我们一起去聆听一下吧。

子夜吴歌

李白

长安一片月，万户捣衣①声。
秋风吹不尽，总是玉关②情。
何日平胡虏③，良人④罢远征。

🔎 千古名句

秋风吹不尽，总是玉关情。

【注释】▶

①捣衣：将洗过的衣服放在砧石上，用木杵捣去碱质。这里指人们准备寒衣。②玉关：即玉门关。③虏：对敌方的蔑称。④良人：丈夫。

【译文】▶

长安城里皓月当空，千家万户都传来了捣衣服的声音。这声音不能被秋风吹尽，因为一声声都有怀念丈夫的深情。何时才能把敌寇平定，丈夫不用再远征戍边。

名家评析

诗人立意高远，气势开阔，从长安一片月开始，将征夫之妻秋夜怀思远征边陲的良人的心情融入捣衣声中。这种浓浓的思念也结成一片心意，汇聚成一句浓厚的意愿：希望早日结束战争，丈夫免于离家去远征。虽未直写爱情，却字字渗透真挚情意，同时避免了对边疆沙场的正面描写，属于边塞诗的范畴，却比边塞诗更高一筹。

阅读链接

子夜吴歌：古乐府名。相传是东晋一位名叫子夜的女子所作，因起于吴地，故名。《清商曲·吴声歌曲》有《子夜歌》《子夜四时歌》《大子夜歌》等。李白此题下有四首，分咏春夏秋冬。此为第三首《秋歌》。

关山月①

李白

明月出天山，苍茫云海间。
长风几万里，吹度玉门关。
汉下白登道，胡②窥青海湾。
由来征战地，不见有人还。
戍客望边邑，思归多苦颜。
高楼当此夜，叹息未应闲。

【注释】▶

①关山月：古乐府调名。②胡：这里指吐蕃。

【译文】▶

明亮的月亮从天山那边升起，挂在迷茫的云海之间。长风越过万里关山，吹到寂寞的玉门关前。汉高祖被困白登山，胡人窥视青海之地。这里古来就是征战之地，多数人都是去了没再回来。守边的兵士望着边塞景色，想到家乡就愁眉难展。今夜，征夫的妻子们应该也是叹息未眠。

名家评析

诗人视野宏阔，诗意雄浑高远，将诗的意境拔高，表达了对征人的同情。开头四句诗人用关、山、月三种因素组成一幅辽阔的边塞图景，从而表现出征人怀乡的情绪。中间"汉下白登道"等四句，将战争的景象与边关的艰苦带到读者眼前，如临其境，意境顿出。

🔎千古名句

明月出天山，苍茫云海间。

阅读链接

　　"汉下白登道"指的是公元前200年汉高祖刘邦被匈奴围困于白登山的事件。秦汉之际，匈奴冒顿单于强悍凶狠，杀父自立，统一了匈奴各部，并击败了其他游牧民族，势力逐渐强盛起来，直接威胁到汉王朝北部疆域。汉高祖刘邦亲率三十二万大军，出征匈奴，但是却被冒顿的兵马围困在白登山。匈奴围困长达七天，汉军内无粮草、外无援兵，不能相救。形势危急之下，刘邦采用陈平之计，贿赂匈奴阏氏（yān zhī，匈奴王妃），趁着天气出现大雾时脱身而走。

长干行 其一

李白

妾发初覆额，折花门前剧①。
郎骑竹马②来，绕床③弄青梅。
同居长干里，两小无嫌猜，
十四为君妇，羞颜未尝开。
低头向暗壁，千唤不一回。
十五始展眉④，愿同尘与灰。
常存抱柱信，岂上望夫台。
十六君远行，瞿塘⑤滟滪堆。

🔍 **千古名句**

郎骑竹马来，绕床弄青梅。

五月不可触⑥，猿声天上哀。

门前迟行迹，一一生绿苔。

苔深不能扫，落叶秋风早。

八月蝴蝶黄，双飞西园草。

感此伤妾心，坐愁红颜老。

早晚下三巴，预将书报家。

相迎不道远，直至长风沙⑦。

【注释】▶

①剧：游戏。②竹马：儿童游戏时，把竹竿当马骑，即称竹马。③床：井栏杆。④展眉：指懂得人事，不再害羞。⑤瞿（qú）塘（táng）：瞿塘峡，长江三峡之一，在今重庆市奉节县。⑥五月不可触：指船只不要碰到礁石。阴历五月江水上涨，滟滪堆被江水淹没，往来船只极易触礁。⑦长风沙：地名，在今安徽省安庆东长江边，地险水急。

【译文】▶

我在头发刚长到盖过额头的时候，就开始跟你在门前做折花的游戏。你骑着竹马来找我，我们绕着井栏跑来跑去，互相投掷青梅。我们都住在长干里，从小我们之间就没有猜忌。我在十四岁嫁给你做妻子，害羞得从来不敢对你微笑。只是低头面向墙壁的暗处，任凭你呼唤也不敢回头。十五岁才不再害羞，愿意和你同生共死。对你的爱至死不渝，谁曾料想会走上望夫台？十六岁时你离开家远行，去往瞿塘峡滟滪堆。五月水涨时，船只千万不要碰到礁石，两岸猿猴的哀鸣在天空回旋。你离家时在门前徘徊的脚印，一点一点地长满了绿苔。绿苔厚得难以清扫，树叶的飘零预示秋天的早早到来。八月里，看到一对黄色的蝴蝶，一起在西园草地上飞舞。这种情景令我伤心不已，容颜也因为忧愁而日益衰老。无论何时你想下三巴回家，请提前捎给我一封信。我会不怕道路遥远去迎接你，直到长风沙。

名家评析

本诗叙述了一位商妇的爱情和离别的故事。表现了她对出外经商的丈夫的深深思念和对爱情的忠贞不渝。诗中形象鲜明动人。感情细腻，缠绵感人。本是描述笔法细腻缠绵、音节徐缓和谐、语言形象生动，一幅生活图景完整地展现在读者眼前。诗中通过不同时间段内女主人公难忘的生活片段和心理活动，向我们展现其性格发展过程。

阅读链接

长干行：乐府《杂曲歌辞》旧题，本为江南一带民歌，内容多写男女恋情。长干：地名，古时建业(今江苏南京市)有长干里，处秦淮河南岸，地近长江。《舆地纪胜》："江东谓山陇之间曰干，金陵五里有山冈，其间平地民庶杂居，有大长干，小长干，东长干，并是地名。"

凉州词

王之涣

黄河远上白云间，
一片孤城万仞①山。
羌笛②何须怨杨柳③，
春风不度玉门关④。

【注释】▶

①万仞：一仞八尺，万仞是形容山很高的意思。②羌笛：西代羌人所制的一种管乐器，有二孔。③杨柳：指《折杨柳曲》，是一种哀怨的曲调。④玉门关：关名，在今甘肃省敦煌市西南，是古代通西域的要道。

【译文】▶

黄河气势磅礴高耸入云，

一座孤城背靠万仞高山。

不要埋怨羌笛又唱起了那首《折杨柳》，

春风从来都不度玉门关。

名家评析

这首诗讲述了凉州地势的险僻和守边将士的生活艰苦，还有浓浓的思乡之情和淡淡的若有若无的幽怨。诗的首句，说明澎湃东流的黄河发源于云端，将边地广漠壮阔的风光带入诗篇。次句写凉州城的戍边堡垒，地处险要，军事地位重要，所以此地边患不断。三句递转，写所闻。羌笛奏着《折杨柳》的曲调，将征夫的离愁含蓄地表达出来。唐时折柳赠别，而《折杨柳》歌也极其容易让人心生幽怨。关外春风不度，杨柳不青，所有的思念和幽怨都是枉然，因而作"何须怨"。语意委婉，深沉含蓄，成为边塞诗的绝唱。

阅读链接

"凉州词"是外来的歌词，属于凉州地区的民歌唱词。开元年间，唐玄宗将陇右节度使郭知运进献的一批西域曲谱交给教坊，翻译成中国曲谱，并配上新的歌词演唱，以这些曲谱产生的地名为曲调名。后来许多诗人都喜欢这个曲调，为它填写新词，因此唐代许多诗人都写有《凉州词》，如王之涣、王翰、张籍等。

凉州词

王翰

葡萄美酒夜光杯^①，
欲饮琵琶马上催。
醉卧沙场君莫笑，
古来征战几人回？

【注释】▶

①夜光杯：一种白玉制成的杯子。

【译文】▶

夜光杯盛满葡萄美酒，

正想开怀畅饮，马上琵琶声频催。

即使醉倒沙场，请诸君不要见笑，

自古男儿出征，能有几人活着回去？

名家评析

边塞苦寒，但是守边之人却未必在意这些。全诗写艰苦荒凉的边塞的一次盛宴，描摹了征人们开怀痛饮、痛快淋漓的场面。诗歌语言绚丽优美，音调清越悦耳，将盛宴的气氛和边塞将士的豪情壮志袒露无疑。

二句用"欲饮"两字，进一步写热烈场面，酒宴外加音乐，着意渲染气氛。三、四句写征人互相斟酌劝饮，尽情尽致，乐而忘忧，豪放旷达。

🔍 千古名句

葡萄美酒夜光杯，欲饮琵琶马上催。

阅读链接

王翰,字子羽,晋阳(今山西太原市西南)人。登进士第,举直言极谏,调昌乐尉。其诗题材广泛,喜欢咏唱沙场壮士、美貌女子还有欢歌饮宴等,诗情豪迈而奔放,也有及时行乐的旷达情怀。代表作有《凉州词二首》《饮马长城窟行》《春女行》《古蛾眉怨》等。

出　塞

王昌龄

秦时明月汉时关,

万里长征人未还。

但使龙城飞将^①在,

不教胡马度阴山^②。

【注释】▶

①飞将:指汉时著名的武将李广,匈奴称李广为飞将军,很长时间内避之不敢入塞。②阴山:在今内蒙古北部,这里曾是汉武帝屯兵出击匈奴的军事基地。

【译文】▶

还是秦时的明月汉时的城关,

但是不远万里而来的士兵没有回去。

如果能有像李广那样的将军在,

怎么会允许匈奴南下牧马度过阴山。

名家评析 🎵

　　这首边塞诗慨叹边塞战事不断，但是国中没有身经百战的良将，以致战事拖延，久而未决。诗的首句气势夺人，耐人寻味。"秦时明月汉时关"，时空的追溯与现实的对照，将汉关秦月，与现在的历史进行参照对比，给人以历史错位感。二句点明诗人的忧虑感伤，写征人未还，多少好男儿战死在沙场边关。三、四句写出千百年来人民的共同意愿，呼唤能有像"龙城飞将"李广那样的人出现，平息胡乱，安定边防，结束旷日持久的战争。全诗以平凡的语言，塑成雄浑豁达的主旨，气势流畅，一气呵成，让人读了之后不禁心生赞叹。

阅读链接

　　李广（？－前119年），陇西成纪（今甘肃静宁西南）人，西汉名将。汉文帝十四年（前166年）从军击匈奴因功为中郎。景帝时，先后任北部边域七郡太守。武帝即位，召为未央卫尉。元光六年（前129年），李广任骁骑将军，领万余骑出雁门（今山西右玉南）追击匈奴，因众寡悬殊负伤被俘。匈奴兵将其置卧于两马间，李广佯死，于途中趁隙跃起，奔马返回。后任右北平郡（治平刚县，今内蒙古宁城西南）太守。匈奴畏服，称之为"飞将军"，数年不敢来犯。

古从军行

李颀

白日登山望烽火①，黄昏饮马傍交河。
行人刁斗风沙暗，公主琵琶②幽怨多。

野云万里无城郭，雨雪纷纷连大漠。

胡雁哀鸣夜夜飞，胡儿眼泪双双落。

闻道玉门犹被遮，应将性命逐轻车③。

年年战骨埋荒外，空见葡萄入汉家！

【注释】▶

①烽火：古代一种警报。②公主琵琶：汉武帝时期典故。汉武帝以宗室女刘细君嫁给乌孙国王昆莫，公主在途中烦闷，故弹琵琶以娱之。③"闻道"两句：汉武帝曾命李广利攻大宛，欲至贰师城取良马，战不利，广利上书请罢兵回国，武帝大怒，发使遮玉门关，曰："军有敢入，斩之！"这里是说战争持续不断，只得随着将军去拼命。

【译文】▶

白天在山冈上看到烽火，黄昏的时候到交河边饮马。风沙昏暗刁斗声传来，就像汉朝公主弹琵琶的幽怨叹气声。行军万里也看不见人烟只好野外宿营，大漠广袤雨雪纷飞。胡雁失群哀叫，夜夜飞绕；即使是胡儿听到也会悲伤不已，泪落不已。听说边塞战事连绵不断，也只能跟着将军去拼命。每年都有多少战士为国殉死而埋骨荒野，但是换来的也只是将葡萄种子栽进了汉家宫苑！

名家评析

诗人介绍了紧张的从军生活，白日登山看烽火，黄昏也很繁忙，千里行军生活困难，景象凄凉。边疆的恶劣环境和凄冷酷寒的景象加上战

🔍千古名句

年年战骨埋荒外，空见葡萄入汉家！

事连绵的事实让班师回乡的希望渺茫，但是将士们浴血奋战也就是为了将葡萄、良马带入中原，抨击了统治者为了一己私欲而不顾百姓将士生死的行为和心态。

阅读链接

李颀(？—约735年)，唐朝诗人。少年时曾寓居颍阳(今河南登封西)。开元进士，曾任新乡县尉，晚年在帮乡隐居，与王维、高适、王昌龄等著名诗人皆有来往，诗名颇高。诗作内容丰富，以边塞诗、音乐诗获誉于世，其边塞诗格调高昂，风格豪放，慷慨悲凉。擅写各种体裁，七言歌行尤具特色。作品今存《李颀集》。生平事迹见《唐才子传》。

金缕衣

杜秋娘

劝君莫惜金缕衣①，
劝君惜取②少年时。
花开堪③折直须④折，
莫待⑤无花空折枝。

【注释】▶

①金缕衣：以金线制成的华丽衣裳。②惜取：珍惜。③堪：可以，能够。④直须：不必犹豫。⑤莫待：不要等到。

🔎 千古名句

花开堪折直须折，莫待无花空折枝。

【译文】▶

我劝你不要顾惜华贵的金缕衣，

我劝你一定要珍惜青春少年时。

花开宜折的时候就要抓紧去折，

不要等到花谢时只折了个空枝。

名家评析

诗歌语言含义比较单纯，只是在反复咏叹强调爱惜时光，不要辜负青春年华。诗歌一方面对青春和爱情进行大胆歌唱，另一方面提出了"爱惜时光"的主旨。与稍显颓废的"行乐及时"的宗旨有很大的不同，做"珍惜时光"的主题，便更加贴题，耐人寻味。

诗句反复咏叹着"莫负好时光"！而每句又都寓有微妙变化，虽然主旨重复但是不单调，回环而有缓急，旋律优美而动人。

阅读链接

金缕衣：唐教坊曲调名，《乐府诗集》编入《近代曲辞》。又题作《劝少年》。

这首诗是中唐时的一首流行歌词。据说元和年间，镇海节度使李锜酷爱此词，常命侍妾杜秋娘在酒宴上演唱这首诗，由此可见这首诗在当时非常盛行。

竹枝词

刘禹锡

杨柳青青江水平，

闻郎江上踏①歌声。

东边日出西边雨，
道是无晴却有晴②。

【注释】▶

①踏：一作"唱"。②晴：谐音"情"，隐指"情"。

【译文】▶

河边两岸的杨柳青翠欲滴，江水齐岸，此时平静如镜。

一阵悠扬的歌声从江上随风飘来，原来是那位多情郎在倾诉心声。

抬头一看，东边阳光灿烂，西边却是阴雨霏霏。

本来以为是无情，现在又成了有情了。

名家评析

这首诗富有趣味性，因为它采用了民间情歌常用的双关手法，含蓄蕴藉，表达了微妙的情感，新颖生动，让人浮想联翩。

阅读链接

竹枝词是唐代的一种乐府诗名，唐代刘禹锡将古代四川地区的民歌演变成文人的诗体，后代一直广为流行。由于社会历史变迁及作者个人思想情调的影响，竹枝词基本上包括三大类：一类即民间歌谣，由文人搜集整理；二类是由文人在竹枝词的基础上所创作的有浓郁民歌色彩的诗歌；三类是文人借竹枝词格调改作的七言绝句，仍冠以"竹枝词"。

因为竹枝词的主要特色就是吟咏风土，因此竹枝词对社会文化史和历史人文地理等学科具有重要的历史研究价值。

🔎 千古名句

东边日出西边雨，道是无晴却有晴。

行路难

李白

金樽清酒斗十千，玉盘珍羞①直万钱。

停杯投箸不能食，拔剑四顾心茫然。

欲渡黄河冰塞川，将登太行雪满天。

闲来垂钓坐溪上②，忽复乘舟梦日边③。

行路难，行路难，多歧路，今安在？

长风破浪会有时，直挂云帆济沧海。

【注释】▶

①珍羞：名贵的菜肴。②垂钓坐溪上：传说吕尚未遇周文王时，曾在磻溪（今陕西宝鸡市东南）垂钓。③乘舟梦日边：传说伊尹见汤以前，梦乘舟过日月之边。合用这两句典故，是比喻人生遇合无常，多出于偶然。

【译文】▶

名贵的酒杯里装的名酒价格高昂，玉盘中盛的精美菜肴也要收费过万钱。胸中郁闷啊，我停杯投箸不想吃饭，拔剑环顾四周，我心里确实茫然不知所措。想渡黄河，冰雪堵塞了这条大川；要登上太行山，莽莽的风雪堵塞道路。像吕尚垂钓磻溪，闲待东山再起，又如伊尹做梦一样乘船经过日边。世上行路多么艰难，多么艰难，人生的歧路这么多，我该如何安身呢？相信总有一天，我可以乘长风破万里浪，高高挂起云帆，在沧海中劈波斩浪！

🔍 千古名句

长风破浪会有时，直挂云帆济沧海。

名家评析

这首诗感叹世道艰难，表达了诗人对自身理想的执着。李白《行路难》共三首，蘅塘退士辑选其一。诗人以"行路难"暗喻世道险阻，抒写了诗人在政治道路上遭遇艰难时，产生的难以抑制的激愤情绪。可是他并未因此而放弃远大的政治理想，仍盼着总有一天会施展自己的抱负，他的这种乐观豪迈的气概，也充满了积极浪漫主义的情调。

诗人的情绪变化丰富，开篇"金樽美酒""玉盘珍羞"，给人一个欢乐的宴会场面。然而接着又"停杯投箸""拔剑四顾"，诗人感情波涛开始冲击读者的视觉。中间四句，既感叹"冰塞川""雪满山"又恍然神游千载之上，看到了吕尚、伊尹忽然得到重用。诗人的思绪开始自我调节，虽然世事艰难，但是终有一天自己的理想或得以实现，受到当权者的关注。

"行路难"四个短句，又表现了进退两难和继续追求的心理。最后两句，以一种积极乐观心态收尾，希望自己的理想能够实现。诗歌气势波澜起伏，跌宕多姿。

阅读链接

天宝元年（742 年），李白奉诏入京，担任翰林供奉。李白本是个积极入世的人，胸怀大抱负，期待能够得到上层人物的赏识，得到机会干一番大事业。可是入京后，他却没被唐玄宗重用，还受到权臣的诬陷排挤，两年后被"赐金放还"。李白精神失意，诗歌创作却更加成熟，他开始了长时间的漫游漂泊，而这首《行路难》就是诗人离开长安时所作。

将①进酒

李白

君不见黄河之水天上来，奔流到海不复回。

君不见高堂明镜悲白发，朝如青丝暮成雪。

人生得意须尽欢，莫使金樽空对月。

天生我材必有用，千金散尽还复来。

烹羊宰牛且为乐，会须②一饮三百杯。

岑夫子，丹丘生③，将进酒，杯莫停。

与君歌一曲，请君为我倾耳听。

钟鼓馔玉④何足贵，但愿长醉不愿醒。

古来圣贤皆寂寞，唯有饮者留其名。

陈王⑤昔时宴平乐⑥，斗酒十千恣欢谑。

主人何为言少钱，径须沽取对君酌。

五花马，千金裘，

呼儿将出换美酒，与尔同销万古愁。

【注释】▶

①将（qiāng）：请。②会须：正应当。③丹丘生：元丹丘。李集中提到元丹丘的有多处。他也是一个学道谈玄的人，李白和他关系非常好。④钟鼓馔玉：泛指豪门贵族的奢华生活。钟鼓，富贵人家宴会时用的乐器。

🔍 千古名句

天生我材必有用，千金散尽还复来。

馔玉，梁戴嵩《煌煌京洛行》："挥金留客坐，馔玉待钟鸣。"馔，吃喝。
⑤陈王：三国魏曹植，曾被封为陈王。⑥平乐：平乐观。

【译文】▶

你没看见吗，黄河之水是由天上而来，波涛滚滚奔向东海不肯回头。你没看见吗，壮士在高堂上从明镜中照见了白发，早晨还是青丝般乌黑，傍晚已经斑白如雪。人生得意时，要尽情地寻欢作乐，别让金杯玉露，空对天上明月。既然天地创造了我，赋予我他人不能比拟的才干，必有它的用处，纵然是千金耗尽，还会重新再来。烹羊宰牛，且图眼前欢乐，应该痛痛快快一口气喝它三百杯。岑勋先生，丹丘先生，赶紧喝酒吧，酒杯不能停！我想为你们唱一曲，请你们认真仔细地听：钟鸣鼓食的生活有什么珍贵的，我只愿大醉一场不愿醒来在人世受苦！古来圣贤，生活恐怕都寂寞，只有酒徒才可以青史留名。古时陈王曹植曾在平乐观宴饮寻欢，斗酒十千还是要痛快地享乐一番。主人啊，为何说我少银钱？赶紧拿去沽取醇酒，咱还要和你对饮，直到一醉方休。这一匹名贵的五花马，还有这件价值千金的皮裘，叫孩儿们拿去换美酒吧，我与你喝个大醉，同消万古之愁。

名家评析

这首诗豪情恣睢，诗意纵横，诗人对酒当歌，表达了人寿几何、及时行乐的人生主张。圣者寂寞、饮者留名的虚无消沉思想在诗歌中一再闪现，最后落点在"与尔同销万古愁"上。诗的开头六句，写人生寿命如黄河之水奔流入海，一去不复重返，所以应及时行乐，不可辜负光阴。"天生"十六句，写人生富贵不能长保，所以"千金散尽""且为乐"。同时指出"自古圣贤皆寂寞"，而"留其名"的只有"饮者"，将诗人内心的不平表达了出来。"主人"六句结局，表明诗人当时酒兴大作，意气豪生，"五花马""千金裘"都不足惜，只愿一醉方休。全诗也流露出对自己怀才不遇的愤懑和渴望入世的积极心态。诗歌意境深邃，语言浑厚，气象不凡。

阅读链接

这首诗的写作时间大约是天宝十一年（752年）。此时距诗人被唐玄宗"赐金放还"已达八年之久。诗人久历磨难，但是壮志豪心未改，只是在亲眼见证了统治阶级的腐败后，内心也多了许多苦闷。当时，他跟岑勋曾多次应邀到嵩山（在今河南登封市境内）元丹丘家里作客，这首诗也就在此期间完成的。

将进酒，唐代以前乐府歌曲的一个题目，内容大多咏唱饮酒放歌之事。在这首诗里，李白"借题发挥"借酒浇愁，抒发自己的激愤之情。全诗气势豪迈，感情奔放，具有很强的感染力。

兵车行

杜甫

车辚辚，马萧萧，行人弓箭各在腰。
爷娘妻子①走相送，尘埃不见咸阳桥。
牵衣顿足拦道哭，哭声直上干②云霄。
道傍过者问行人，行人但云点行频③。
或从十五北防河，便至四十西营田。
去时里正④与裹头⑤，归来头白还戍边。
边庭流血成海水，武皇⑥开边意未已。

君不闻汉家山东⑦二百州⑧，千村万落生荆杞。

纵有健妇把锄犁，禾生陇亩无东西。

况复秦兵耐苦战，被驱不异犬与鸡。

长者虽有问，役夫敢申恨？

且如今年冬，未休关西卒。

县官⑨急索租，租税从何出？

信知生男恶，反是生女好。

生女犹得嫁比邻，生男埋没随百草。

君不见青海头，古来白骨无人收。

新鬼烦冤旧鬼哭，天阴雨湿声啾啾！

【注释】▶

①妻子：妻子和儿女。②干：犯，冲。③点行频：一再按丁口册上的行次点名征发。④里正：即里长。唐制百户为一里，里有里正，管户口、赋役等事。⑤与裹头：古以皂罗三尺裹头做头巾。因应征时年龄还小，故由里正替他裹头。⑥武皇：汉武帝，他在历史上以开疆拓土著称。这里暗喻唐玄宗。⑦山东：指华山以东，义同"关东"。⑧二百州：唐代潼关以东设七道，共二百十一州。这里举其成数。⑨县官：指官府。

【译文】▶

车辆隆隆响，战马萧萧鸣，出征士兵已经把弓箭佩在腰间。爷娘妻儿奔跑来相送，尘埃遮天看不见咸阳桥。拦在路上牵着士兵衣服顿脚哭，哭声一直冲上天空到了云霄。路旁经过的人问出征士兵怎么样，出征士兵说按名册征兵很频繁。有的人十五岁被派到黄河以北去戍守，有的人四十岁还会来到西部边疆去种田。去时有的还需里长给裹头巾，回时已经白头还要去守边。出征士兵流过的血形成了海水，但是皇上开拓边疆的念头还没停止。您没听说汉家华山以东两百个州县，数不清的村落长满了草木。即使有健壮的妇女手拿锄犁耕种，田土里的庄稼还是难有收成。况且秦地的士兵又能够苦战，被驱使打仗与鸡狗没有分别。尽管长辈有疑问，服役的人们哪有机会申诉怨恨？就像今年冬天，函谷关以西仍在征调士兵。而且县官紧急地催逼百姓交租税，可是租税从哪里交得出啊。终于知道生男孩是坏事情，反而不如生女孩好。生下女孩还能够嫁给近邻，生下男孩最终还是死于沙场抛尸荒草间。您没有看见，青海的边上，自古以来战死的人白骨累累没人掩埋。新鬼烦恼怨恨旧鬼伤心哭泣，天阴雨湿时众鬼啾啾地喊叫。

名家评析

这首诗记叙了百姓的苦难，讽刺了当时统治者滥用武力，不体恤百姓的疾苦，表达了诗人内心的忧愤和对百姓的同情。

诗的开头七句为第一段，真实记叙了被征的士兵与家人忍痛分离的悲惨情景，描绘了一幅震人心弦的送别图。"道傍"十四句为第二段，以役人之口直诉从军后妇女代耕，农村萧条零落的境况。"长者"十四句为第三段，写征夫久不得息，连年征兵，百姓唯恐生男和青海战场尸骨遍野，令人不寒而栗的情况。将唐王朝穷兵黩武、不顾惜百姓死活的行径揭露出来。诗歌声调抑扬顿挫，诗意起伏多变。

阅读链接

这首诗大约作于天宝中后期。当时唐王朝与西南的南诏交恶，对南诏不断用兵，但是连战连败。天宝八载（749年），哥舒翰奉命进攻吐蕃，石堡城（在今青海西宁西南）一役，死数万人。天宝十载（751年），剑南节度使鲜于仲通率兵八万进攻南诏（辖境主要在今云南），军大败，死六万人。但是朝廷仍不罢休，为补充兵力，杨国忠遣御史分道捕人，枷送军所。许多百姓面临妻离子散、家破人亡的厄运，而前来送行的家人哭声震野。这首诗就是据上述情况写的。

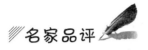

名家品评

　　唐代诗人所作的乐府诗，有的沿用乐府旧题以写时事，来抒发自己情感，如《关山月》《古从军行》等；也有即事名篇，无复依傍，自制新题以反映现实生活，如杜甫的《兵车行》、李白的《长干行》等。无论指哪一种形式，这些都是前人给我们留下的文化遗产，让我们可以从字里行间一窥唐代风采。

阅读思考

　　1."青梅竹马""两小无猜"出自哪位诗人的哪首诗中？现在用来形容什么？

　　2.《行路难》的创作背景是什么？诗中体现了诗人的什么精神？

　　3.《兵车行》揭露了什么现象？表达了诗人的什么思想？

重点测试

ZHONGDIANCESHI

一、填空题

1. 花间一壶酒，_____。举杯邀明月，_____。

2. 出师未捷身先死，_____。

3. 空山不见人，_____。返影入深林，_____。

4. 被称为"初唐四杰"的诗人分别是_____、_____、_____、_____。

5. 本书按诗体分为_____、_____、_____、_____、_____、_____六类，_____附各体之后。

二、选择题

1. 被称为"诗佛"的是（　　　）。

A. 李白　　B. 杜甫　　C. 王维　　D. 白居易

2. 严沧浪说："唐人七言律诗，当以此为第一。"他口中评价的诗是（　　　）。

A.《黄鹤楼》　　　B.《登金陵凤凰台》

C.《蜀相》　　　　D.《锦瑟》

3. 下面的诗人中，（　　　）尤以写边塞诗著称。

A. 李商隐   B. 刘禹锡

C. 柳宗元   D. 岑参

三、判断题

1. 晚唐时期的著名诗人有杜牧、李商隐和陈子昂等。（   ）

2. 王维和孟浩然是田园山水诗歌的代表，合称"王孟"。（   ）

3. 《唐诗三百首》总共收录了整300首唐代诗歌。（   ）

4. 律诗的第二联被称为颈联。（   ）

四、简答题

1. 唐诗的诗主要分为哪两大流派？简单地说明一下。

2. 李白和杜甫是唐代最有名的诗人，他们各自有什么特点？

一、填空题

1. 独酌无相亲　对影成三人　2. 长使英雄泪满襟　3. 但闻人语响
复照青苔上　4. 王勃　杨炯　卢照邻　骆宾王　5. 五言古诗　七言古诗
五言绝句　七言绝句　五言律诗　七言律诗　唐乐府诗

二、选择题

1. C　2. A　3. D

三、判断题

1. ×，陈子昂是初唐时期的诗人。

2. ✓。

3. ×，《唐诗三百首》共收录了 311 首唐代诗歌。

4. ×，律诗的第二联被称为颔联，颈联是第三联。

四、简答题

1. 盛唐诗人众多，诗歌的创作内容扩大，融入了更多的元素，因此
开创了众多流派。以高适、王昌龄等为代表的边塞诗派和以孟浩然、王
维等为代表的山水田园诗派成为盛唐诗坛的两大主要流派。

边塞诗不仅将读者的视线带到了辽阔苍凉、绚丽多彩的祖国边塞，
而且将豪迈的激情、宏伟的志向、不屈的精神，渗透到了读者的情感和
灵魂之中。山水田园诗歌以描写山水景物和田园生活为题材，反映的大
多是闲适、退隐的思想情绪。

2. 李白天才横溢，被誉为"谪仙人"。其诗想象丰富，构思奇特，
气势雄浑瑰丽，风格豪迈潇洒，是盛唐浪漫主义诗歌的代表人物。

杜甫忧国忧民，经历了唐代由开元盛世转向分裂衰微的转折期。其
诗善于选择具有普遍意义的社会题材，反映出当时政治的腐败，在一定
程度上表达了人民的愿望，被称为"诗史"。诗风沉郁顿挫，语言精练
传神，对后世诗人影响极大。